我行故我在

——欧洲城市风情札记

叶晓娴 / 著

上海三联书店

目录 CONTENTS

序

◎邓伟志

一

北宋苏辙曰：老而谢事，古之礼也《文彦博乞致仕不许不允批答二首》。所以，当几近孙辈的叶晓娴教授请我为她的新著《我行故我在——欧洲城市风情札记》写几句话时，我有点犯难，上述宋人古训为其一，虑其代沟梗阻是其二。

但我最终还是同意了。

因为，一者拗不过晓娴的诚意恳请；二来我与她的父亲有交集——前些年，她父亲从事新闻工作时，曾就一些社会问题采访过我多次，所以，我在此就勉为其难一下了。

二

叶晓娴是上海工程技术大学的教授，现在担任着视觉传媒与媒体设计系的系主任。数年前，她父亲曾与我说起过，女儿被公派到德国美因茨大学攻读博士去了。我在大学里执教近半个世纪，算是比较了解高校的情况，一般来说，能跻身公派出国留学生行列，不仅在学业上要出众（学霸），有时还要有一些附加条件，比如自身的政治素质、品行修养等等。果然，作者在德国美因茨大学深造三年，不但博士论文荣获最优等级，而且如期完成学业后即刻归国，用作者自己的话来说是"为了反哺跪乳之恩"。

梁启超在《少年中国说》中言："少年强则国强，……少年进步则国进步"，窃以为年轻一代学者中能有一大批有志报效祖国者，民族伟大复兴可期，实现中国梦可期！

三

"行万里，破万卷，书万言，是我喜欢的，也是我努力践行的一种生活方式"，这是作者在本书"自序"中的一段话，我个人对作者的生活观念和生活方式极为赞同。

人的知识，通常来自于两个方面：一是阅历；二是经历。所以，在广泛阅读的基础上，如果有条件走出国门，亲眼见识一下外面的现实世界，这对任何一个年龄段的人（尤其是青年）都是非常有益的，因为，这不仅是拓宽视野的契机，也是丰富学识、进而能客观和理智地思考社会现象的重要途径。作者在求学期间，利用假期漫游了欧洲30个国家，还分别去罗马尼亚、葡萄牙、英国参加了三次高端的国际学术会议，这样的人生经历，我想她一定是受益匪浅，因为"对青年人来说，旅行是教育的一部分"（培根语）。

四

旅行在内容上不外乎三个方面，一是自然风光，二是民俗民情，三是历史人文。所以，对旅行内容的选择，可折射出旅行者本人的品味格局、学识修养和志趣喜好。具有相当文化水平的旅行者，除了欣赏湖光山色和体验民风民俗外，还会产生一些社会和人文领域内的思考，同理，旅行的文字记录，如果仅仅是停留在"明月松间照，清泉石上流"的描述上，那就难免会流于俗套，只有"合为时而著"才会达到形而上的境界。

200年前，美国文学之父华盛顿·欧文的《见闻札记》面世，这部集山水名胜、风土人情、历史人文以及个人思考于一体的游记，堪称同类文体的经典，它在游记文学创作上的里程碑意义，对后世影响非同一般，我猜想晓娴或许是参透了《见闻札记》之机巧，所以才能把自己的留学和旅行经历"合为时而著"，让读者掩卷之余留有思索和想象的空间，我觉得这是《我行故我在》的成熟和成功之处！

五

时代的进步，使中国大陆民众有了出境和出国旅行的机会和条件。今天，即便是世界上最偏远的角落，都留下了很多中国人的足迹。旅行，已成了很多中国人生活中的一个组成部分。

哈佛大学校长德鲁·福斯特说："旅行是认识世界的最佳方式，从中可获得自我成长，开拓生命的宽度。"迄今为止，我也游历了世界上160多个国家，如果不是新冠疫情，我周游世界的脚步或许还不会停歇。我把游览过的160多个国家和地区视为"获得自我成长"道路上的良师益友，因为它们不仅让我眼界大开，而且在一定程度上还大大增加了我的知识储存，更重要的是，旅途中的所见所闻给了我很多社会、经济、文化和历史层面上的思考……

闲暇之余，我也整理出了一些图片和文字材料准备付梓，期待有朝一日和晓娴小朋友商榷与共勉！

最后，我用丹麦童话作家安徒生的话作结语：旅行对于我来说，是恢复青春活力的源泉。

2021年5月18日

知彼，是前进的第一步

（代自序）

突如其来的疫情，搅乱了我正常的工作和生活秩序，很多应该实施的计划和活动，或被收缩简化，或被暂时搁浅，或被终止取消。无奈之下，我只好奋力敲击键盘（回忆和整理留学生活的片段），算是和目前被约束和乏味的生活状态作抗争……

一

我曾有过两次在欧洲求学和生活的经历：第一次是在2007年，我作为南京大学和约恩苏大学的交换生远赴芬兰——这是我首度走出国门，虽然时间不长（半年），但我却结识了同班好几个来自欧洲各地的青年学子（女），法国的、葡萄牙的、希腊的、波兰的、立陶宛的等等，在和这些异国同龄人的朝夕相处中，我对欧洲大陆有了感性上的认知：

第二次是2010年，我先是在瑞典斯德哥尔摩大学完成了硕士学业，然后作为国家公费生被选派到德国美因茨大学攻读博士学位。在此期间，为了读通教科书上的一些内容，也为了能理性、客观地认知西方社会，我在广泛阅读各类文献资料的同时，还利用假期漫游了欧洲30个国家，这样的旅行令我受益匪浅，因为它在一定程度上弥补了我因年龄所限而略显贫乏的人生经历。

"对青年人来说，旅行是教育的一部分"，我把先哲培根的这句话奉为圭臬。所以，行万里，破万卷，书万言，是我喜欢的，也是我努力践行的一种生活方式。

我是唯一来自亚洲的学生（后排左二）

二

人类现代文明发轫于欧洲。

自文艺复兴以降的数百年间，无论是政治、还是经济、抑或是科技，欧洲都执世界之牛耳（从社会发展史的角度去审视，我个人认为美洲和大洋洲应该是欧洲历史的延伸），几个世纪以来，中国和世界上很多国家一样，把解读和学习欧洲作为求国之强盛的主要途径。所以，我对欧洲的兴趣甚于北美，这也是我愿意去那儿留学的主要原因之一。

毋庸置疑，今天欧洲社会整体的发展状况较北美逊色，很多大都市，如伦敦、巴黎、柏林、罗马、米兰、雅典、马德里、布鲁塞尔等，还存在不少有损城市社会形象的阴暗面——垃圾桶旁烟蒂狼藉、啤酒瓶（罐）随处丢弃、乞丐、流浪汉蜷缩于大街小巷，这种乱象在外来移民社区更甚；再者，欧洲的社会生活中有欺诈和谎言，也有小偷和流氓，还有不公正和黑势力，这些都是客观存在的现实。所以，很多到欧洲旅行的中国大陆游客，因耳濡目染了这些社会的阴暗面，就此对那方土地多有訾议……

为了消除因短视所产生的误读，我想说一个坊间流传的小故事：上个世纪六十年代，美国有家公司的董事会派一个员工去欧洲考察同行业的情况。这位考察者回来后，在向上司汇报时说了欧洲同行的一大堆缺点，最后的结论是对手不值得重视。翌日，公司董事会决定解聘他，理由是考察者在发现对方的缺点时，应更注重看到对方的优点，哪怕只是在某些个细节上反映出的优点，因为，只有

我行故我在·序

VII

看到对方的优点，才能扬长避短，使自己在同行业竞争中处于有利的地位。

我不知国人，特别是所谓的社会精英阶层，能否从这个故事中得到点滴教益？

三

我从南京大学新闻系毕业后，曾在上海世博会外宣部以及中外几家媒体实习和工作过一段时间，所以在第二次赴欧洲求学的日子里，我就有意识地用一个媒体人的眼光观察着旧大陆上的一切——宏伟壮观的皇家宫廷，极富情调的幽静小巷，哥特式或拜占庭风格的教堂，这些蕴含着丰富无比的历史文化遗存令我兴趣盎然，但我更多、更主要地还是想探求当代欧洲社会的状况，严格地说，这还是我学习和工作不可或缺的重要组成部分。

在那段时间里，我除了和导师、同学及朋友进行必不可少的日常交流外，还广泛接触了社会各阶层人士：有斯德哥尔摩政府部门的职员、纽伦堡公交公司的员工、奥斯陆的夜行大巴司机、爱琴岛上的富豪夫妇、赫尔辛基诺基亚的华人雇员，还有阿姆斯特丹的裸体舞蹈家（自称），甚至还有叙利亚的偷渡者等等。在和这些人的交流中，我尽可能多地了解了目前欧洲人的生活方式和价值取向。

四

鲁迅先生《在中国现代的孔夫子》一文中批评清末大学士徐桐，"他虽然承认世界上有法兰西和英吉利这些国

马耳他戈佐岛蓝窗（摄于2016年8月29日，2017年3月8日蓝窗坍塌坠入大海）

度，但西班牙和葡萄牙的存在，是决不相信的，他主张这是法国和英国常常来讨利益，连自己也不好意思了，所以随便胡诌出来的国名。"

我臆测那个年代像徐桐这样缺乏地理常识的大知识分子不在少数（这也是农耕社会的时代缺陷）。平心而论，我能理解百年前的读书人在国际事务上的浅薄，因为在交通欠发达的那个年代，有几个人愿意承受漫长而艰辛的海上漂泊去"睁眼看世界"？又有几个人能费神费力地去研习拉丁拼音字母，而后再去了解由这类文字记载的西方世界？客观条件的限制，使先辈们对日新月异的欧美社会茫然无知，以致在相当长的一个历史时期内自我封闭、自降其志，乃至自甘沉沦。从某种角度上来说，知识阶层的落伍，是迟滞中华民族迈向现代文明的主要原因。

今天肯定是不会再有徐桐式的迂腐学人了，我们不但知道欧洲确实有葡萄牙和西班牙，还知道有意大利和奥地利，还有北欧五国和巴尔干诸国等。但是，知道并不等于了解，了解也并不等于有正视和学习的勇气和决心，所以我在此呈献我的欧洲观感，旨在让国人，特别是莘莘学子们能理性、客观、全面地认知欧洲，千万不要穿着阿迪达斯的球鞋，却走在徐桐"连算学也斥为洋鬼子的学问"之老路上……

因为，知彼，是前进的第一步！

在捷克总统府前的广场上，听街头艺术家演奏萨拉萨蒂的小提琴曲《流浪者之歌》。

五

拙作付梓前,承蒙上海大学邓伟志教授为我的粗劣文字作"序"。先生乃一代学问大家,其深厚学养使我家两代人受益(我父亲就社会学方面的知识,曾多次面聆邓先生的教诲),在此我,并代表我父亲向邓教授表达由衷的谢意!

我还要向原上海世博局的副局长黄耀诚先生谨致谢意!当年承蒙他的鼎力相助,使我有幸在世博局外宣部实习工作了一年,期间他和外宣部的老师们对我的关心和教诲令我受益无穷,我至今难以忘怀。此刻,我恳请他作"跋",既是情谊上的沟通,也是一份补充鉴定,更是表达了我作为晚辈对长辈的敬重之意!

六

本书共 10 章:1、北方有佳人 2、美因茨,岁月静好! 3、克卢日·纳波卡纪行 4、陆止于此 海始于斯 5、牛津断叙 6、风情万种 7、蓝色文明随想曲 8、云深不知处 9、蛮族嬗变 10、闻香识名城。

叶晓娴

2021 年 5 月 6 日

我
行
故我在

上

北方有佳人

2010年，我打点行装飞往斯德哥尔摩，这距前次去芬兰约恩苏大学做交换生相隔3年。

上海是我的故乡，上大学以前我一直生活在上海，所以习惯了大都市的嘈杂和混乱。第一次到北欧时，那种静谧的环境让我觉得有点不自在，没有学校活动时，竟然一整天没人和你说话，可以想象那是一种什么样的孤寂？但随着时间的推移，我不但慢慢适应了孤寂的状态，而且还喜欢上了静谧的环境，因为在孤寂和静谧中，可以让人专心致志地学习，可以让人理智和冷静地思考，还可以得到心灵上的歇息……

一回生，两回熟。所以我这次去北欧

已全无陌生感，觉得就像是去一个远房亲戚家串门一样，而我对西方社会直接和真正的认识也始于斯德哥尔摩。

大器晚成

如果从地缘政治的角度去审视，瑞典作为一个独立主权国家的历史还不到1000年，因为教科书上的记载上大都是有关维京人（北欧海盗）的文字，所以在社会文明的发展史上，瑞典没有多少可炫耀的资本。但建国史的短暂，并没有减缓瑞典跻身现代文明社会的速率，今天，不管是联合国还是各种民间机构，在社会发展的各项指标评选中，瑞典一直牢牢占据着前10名的位置，而在世界宜居国家名单中也始终名列前茅。我有时奉承瑞典朋友说，你们国家属于"大器晚成"。

据我有限的历史知识所知，全盛时期的北欧海盗不但经常祸害近邻，一度还长驱直入欧洲腹地，洗劫过汉堡、巴黎等城市。海盗有如此强大的陆战力量超乎想象，我臆测历史上的北欧海盗，绝对不是我们在《加勒比海

斯德哥尔摩市城市风光

盗》中见识的杰克、巴博萨之流，更不是在亚丁湾上"打船劫财"的索马里匪徒，而是以族群，甚至是准军事集团组织形式进行地域掠夺的一支训练有素的海军。有西方史学家认为，对古代欧洲影响最大的，要数斯堪的纳维亚半岛上的维京人。

横向对比历史让人感到有点憋屈，就在华夏文明因异族入侵而遭受前所未有的重创时，斯堪的纳维亚半岛上却开启了社会进步的曙光——12世纪前后，也就是中国的南宋时期，瑞典的国家雏形显现了，再往后，路德新教传入瑞典并取得国教地位，从此"海盗习气"式微，一个独立主权王国问世了。现在人们似乎已忘记了瑞典早期晦暗的历史，都把这个国家视为现代文明社会的典范之一。

从一个宽泛的角度上说，一个具有社会属性的人，应该享有一些基本权利，比如吃饭睡觉、思考说话、劳动休息、繁衍后代、享受教育等。用马斯洛的五大需求理论来解释，即依次由生理需求、安全需求（较低层次）向社交需求、尊重需求和自我实现需求（较高层次）逐步发展，而人的安全需求——包括人身安全、生活稳定以及免遭痛苦、威胁或疾病等需求，则是世界很多国家在现阶段正在努力争取实现的目标。

今天瑞典社会的安全我深有体会，两年时间里，除了在新闻媒体或当地的影视剧中见到过抢劫偷盗杀人外，日常生活中我一次也没碰到，连听都没听说过。我租借的房子是在斯德哥尔摩郊外的一个居民小区中，属于比较偏僻和冷清的地方，我有时深夜回家，也没有在思想上"保持高度的警惕性"。我父母经常在视频通话的最后加一句"要注意安全",好像瑞典现在还是海盗横行的"维京时代",但在上海家里时,无论是我晚上出门或深夜回家,他们从不说这句话,这真令我啼笑皆非。

不过我有时觉得父母的叮咛也不无道理,因为瑞典确实有过在光天化日之下行凶杀人的案例,而且还是举世震惊的国家政要遇刺案——2003年,瑞典外交部长安娜·林德在百货商场购物时被一歹徒连刺几刀,最后女外长不治身亡。这是瑞典的第二起国家领导人遇刺案,早在1986年,当时的首相帕尔梅和夫人看完电影回家,也在大街上惨遭枪手射杀,这个事件震惊了整个世界。不过相对英法德意这些欧洲大国来说,现代史上瑞典大人物被暗杀的事件还是很少的,自古斯塔夫三世在化装舞会上被谋杀,一直到帕尔梅首相遇刺的200年间,从没发生过刺杀国家政要的事件,所以瑞典人的社会安全防线就被丢到爪哇国去了。

古斯塔夫三世遇刺案被丹尼尔·奥柏和朱佩塞·威尔第分别创作出了歌剧《古斯塔夫三世》和《假面舞会》,不知今后是否有人会将帕尔梅首相的被刺案搬上影幕或荧屏?如果真有人为

古斯塔夫三世雕像

之，我相信其可看性一定不亚于《古斯塔夫三世》和《假面舞会》，因为30多年过去了，帕尔梅首相被枪杀仍是悬案（凶手至今没被捕获），所以里面的内涵应该是很丰富的。

伟人诺贝尔

我选择去斯德哥尔摩大学深造，除了专业取向之外，还有一点源于少年时对伟人诺贝尔的崇拜和对名人伯格曼的敬仰。

诺贝尔在全世界家喻户晓，因为当今世界没人敢否认诺贝尔奖是一个国家科学和文化发展水平的风向标。如果对当代世界伟人进行一次排名，我个人认为诺贝尔应名列三甲，迄今为止，没有人能超越他对人类科学、文学及和平事业的伟大贡献。我这儿说的并不是诺贝尔本人的发明成就，而是他以极具穿透力的远见所设立的那些奖项，以及那些奖项对促进人类文明事业所产生的无可比拟的推动力！尽管各国政府、各社会群体、各宗教派别出于各种不同的见解、不同的利益、不同的需要，对诺贝尔奖有见仁见智的评说，但诺贝尔奖在当今世界上的顶峰地位，是任何人和任何社会势力都撼动不了的（我到斯德哥尔摩大学注册后立马前去瞻仰了颁发诺贝尔奖的市政厅）。

我觉得诺贝尔的伟大之处还在于他设立了一个文学奖。

人类文明之所能持续发展，最为关键的一点就是发明了文字，因为，无论什么科学发现，也不管什么真知灼见，最后都要通过文字的表现形式让公众了解和接受，而文字的最高表现形式就是文学，我觉得诺贝尔一定是参透了其中的内涵而设立了文学奖。曾有人说，诺贝尔做出这个决定是出于对文学的爱好，这当然是对的，但更重要的是，伟人之所以是伟人，那是因为他能在常规认识中提炼出超常的意义，这是芸芸众生所不能企及的境界。

颁发诺贝尔奖的斯德哥尔摩市政厅

在中国大陆的某些群体认识中，对诺贝尔文学奖似乎有点不以为然，说是颁奖标准受价值观念或意识形态影响太大，对此观点我不敢苟同，因为从诺贝尔文学奖的整个发展轨迹来看，就像物理、化学、生理学、经济学奖一样，其进步作用是世界上任何一个同类奖项都不可比拟的。

诺贝尔一生只上过一年"体制内"的学校，不到弱冠就远渡重洋在美国的艾利逊工场里当实习生，他既没有学历文凭，也没有这样那样的职称证书，但这并不妨碍他成为现代最伟大之一的发明家，更没有妨碍他成为最有远见的世纪伟人，这是否能给我们这个抱残守缺的社会一些启迪和反思呢？

名人伯格曼

今天，世界影视圈里名声最大的两个瑞典人应该是英格丽·褒曼和英格玛·伯格曼。褒曼是整整三代中国人心中的偶像，她在《卡萨布兰卡》、《美人计》、《真假公主》等影片中饰演的角色，成了美女主角的代名词。但是，从专业角度来说，瑞典电影史上的标杆人物是英格玛·伯格曼！

（英格丽·褒曼与英格玛·伯格曼两人其实是同姓，他们曾在一部名为《秋日奏鸣曲》影片中合作过，褒曼在里面饰演一个钢琴家）

在世界电影领域内，伯格曼享有"教父"的地位，他的很多部作品被奉为传世经典，如《第七封印》、《野草莓》、《细语与呼喊》等，这些影片都是国内外电影院校专业课上的经典教案。尽管伯格曼在业内享有至尊的地位，但当代欧美国家的"纯电影派"对伯格曼颇有微词，他们认为伯格曼的电影太过戏剧化，这并非无端发难，因为从现代影视的发展来看，伯格曼的《犹在镜中》、《婚姻生活》等影片，都是由少数几个角色通过大量的对话完成的，这确实有点像是在演室内剧，窃以为伯格曼的这点瑕疵或许是受学院派戏剧浸淫太深所致。但不管怎么说，伯格曼的那些永载影史的作品，是戏剧、文学、摄影、音乐和哲学思想的完美结合体，这是举世公认的。伯格曼一生曾执导过62部电影，而且多数是自编自导，他在担任瑞典皇家剧院的艺术总监时，还自编自导过170多场舞台剧，如此多产，世上很少有出其右者。

2013年，瑞典导演托马斯·阿尔菲莱德森拍摄了一部名为《打扰伯格曼》的纪录片，内容是采访一些当代世界著名电影导演对伯格曼及其作品的理解，当问及李安时，这位华人圈里的天王级导演说，他18岁第一次看伯格曼拍摄的《处女泉》，感受"就像是被夺走了童贞……"。现在中国大陆学生留洋选择北美的较多，但出于专业角度的考虑我还是选择了瑞典，因为我不仅崇仰伯格曼，也很喜欢"瑞典古典学派"的美学原则（伯格曼毕业于斯德哥尔摩大学，我和伯格曼属于"师出同门"）。

有一次我去诊所看病，等候时和一位护士攀谈，她得知我在斯德哥尔摩大学攻读电影专业后，就告诉我说她的儿子和伯格曼的孙子是同学。伯格曼一生结了5次婚，有数十个儿孙，所以在只有80万人口的斯德哥尔摩，名人子孙与普通人的后代有交集，概率还是很大的。

自食其力

我在斯德哥尔摩大学的第二年，同学介绍我去一家中餐馆打工，我欣然接受，因为这不仅可赚取银两，而且还是一次真正零距离接触社会的契机，像这种鱼和熊掌兼得的好事，何乐而不为呢？

餐馆位于斯德哥尔摩中央火车站旁，厅堂里摆有二十几张桌子，包括我在内共有5个伙计，在人口稀少的北欧国家，这样的餐馆已经属于中等以上规模了。老板是香港人，老板娘是广州人，两人都已年近半百，定居瑞典已有20多年，夫妇俩为人很善良，对待员工温情有加，我每次

中央车站——我打工的餐馆就在车站一侧

收工回家前，他们总是包一点食物给我，说是可当明日的早餐。在远离父母，万里之外的异国他乡，老板夫妇的善举让我感到很是温馨。我在德国读博期间，有一次回斯德哥尔摩办事，还去餐馆探望过他们，夫妇俩见到我很高兴，嘘寒问暖，和我聊了好长一段时间。屈指算来，老板夫妇现在已年逾花甲了，不知他们的餐馆生意如何？身心是否健康？直到今天，我仍十分怀念这对善良的夫妇，但愿他们万事如意！

我在餐馆一星期上班三天，时间是从下午5点到晚上8点，每小时工资是70瑞典克朗（当时人民币和克朗的比值是1∶1左右），钱不多，但我还是觉得很有成就感，因为这毕竟是自己的劳动所得。自主独立，是西方大多数青年学生的价值观念，在我的欧美同学中是没有"啃老族"的，不管什么家庭出身，他们一般都是靠助学贷款、申请奖学金、获得社会基金支持以及打零工等来完成自己的学业。我的同学中有好几个是富家子女，可他们从来不炫富（实际上他们连这念头也未曾有过），因为欧美的社会风气认为炫富是庸俗的，啃老更是羞耻的，所以，我的同学中不管家庭经济状况如何，课余时间打工是一种普遍现象。周围环境如此，我当然也是"近墨者黑"了。

　　我曾听说已故美国总统里根的小儿子是个芭蕾舞演员，大概因舞技不精而被老板炒了，他只好去领社会救济金维持生计。当时里根还在总统任上，但这位芭蕾舞演员

斯德哥尔摩城市风光

没向父亲大人求助，而贵为总统的里根也没有伸手助儿子一臂之力。国情不同，思维方式也不同；思维方式不同，行为方式也不同。

我们餐馆供应的是中餐，我初始以为前来就餐的多半是在斯德哥尔摩的华人，但我误会了，来餐馆的主力军竟然是老外！我看他们吃米饭和中式菜肴都津津有味。欧美人喜欢酸甜、微辣的食物，所以茄汁鱼，咕咾肉、糖醋里脊、鱼香肉丝等这一类菜肴，他们就十分喜欢，但蔬菜一般都是生吃的。

时间一长我明白了，人的口味确实有差异，但好吃的东西终究是好吃的。2011年，我父母来斯德哥尔摩探亲，有时在家做元宵、饺子等，我就请同学们来尝尝我家乡风味的食物，他们一个个大快朵颐，一边吃一边对我父母说，你们不要回去了，就做饺子，元宵，我们帮你到学校里推销外卖，可以赚很多钱的。同学们说的是实情，因为这些食物口感好且经济实惠，很受青年人的喜欢。但这类食物在餐馆里价格奇贵，我父母在皇后大街闲逛时看到，中餐馆里一盘饺子10个，85克朗，春卷也是这个价。我母亲咋舌道：上海一两饺子6个，一客春卷4个，平均也就3元人民币左右，绿杨邨点心店价格再贵，也不会超过5元钱。前几天请你的同学们吃的牛肉大葱饺子，成本5角钱一个都不到。

我母亲不知道，欧美国家的劳动力成本很高，像这种手工做的饺子、春卷等，食材本身成本所占商品价格的比例确是不大，但雇一个全日制员工，每月至少要支付三万

我行故我在·上

13

瑞典克朗，所以那些饺子、春卷什么的不卖到这个价，那开餐馆等于是变相做慈善事业了。

我在餐馆干了一个月后，和几位常来的老外顾客混得脸熟了，他们点什么菜我都能猜得到。有一位儿科医生，五十多岁，好多次下午七点左右来吃晚餐，他很喜欢糖醋里脊咕咾肉、还有浇上辣酱油的炸猪排等，而且好像永远也吃不厌。有一次，我给他上完菜后，忍不住多嘴一句：菜的味道怎样？他咽下一块咕咾肉后，翘着大拇指夸道："很好"！接着又说：我喜欢中国菜！自那以后，他和我俨然成熟人了，每次进门后就向我颔首微笑或寒暄两句。后来老板娘告诉我，这位儿科医生创业成绩很好，拥有三家诊所，这在瑞典算得上是准富翁了。但这位准富翁的生活却很简单，工作日准时上班，下班后不定期上中餐馆来吃顿简易晚餐，有一次他和我开玩笑说：吃正宗中国菜也是他的生活乐趣之一。

北欧国家的社会风气比较正，他们崇尚友谊、重视家庭、讲究健康，虽然像全世界所有人一样，希望自己能致富，但没有对财富无休止占有的欲望，更不屑用不光彩手段获取财富的行为。在女权主义盛行的瑞典，女人企图通过婚姻来享受富裕物质生活的价值观，被视为是一种个人道德素质低下的行为，任何社会阶层都鄙视这样的婚姻观。

母校情结

斯德哥尔摩是北欧第一大都市，虽然建城史不到800年，但旅游资源却非常丰富，据说每年有数百万世界各地

校园留影

的游客前来观光。尽管我在这座城市生活了整整两年，但80%以上的旅游景点都没去过，如果不是我父母来探亲需要我陪同，或许连王宫、国会大厦、皇后大街等这些地标景点也会"擦肩而过"，究其原因，主要是我把大部分时间消耗在学校的图书馆、教学楼和草坪广场上了……

因为，我喜欢校园生活。

我发现欧洲人对母校、对同学、对老师的情感都较为淡漠，在他们的日常交谈中，很少有这一类的话题，即便涉及，口吻、语气也远没有我们中国人那么富有情感。但我们中国人的母校情结浓郁，你在社会上如果碰到校友，不管是小学中学还是大学，那就平添一份亲热，如果碰到同班同级的同学，那或许就激情喷张了。严格说，中国大陆至今还是个熟人社会。生于斯长于斯，跳不出三界外，我虽然在国外生活了好多年，却仍脱不了"母校情结"的窠臼，即便是异国母校，我也充满了感情。

如果就学术和世界影响力而论，斯德哥尔摩大学并不是瑞典的第一学府，虽然她的学术排名位居世界百强之列，但隆德大学、卡罗琳医学院的实力和名声要高于斯德哥尔摩大学。特别是卡罗琳医学院，不仅是瑞典，也是欧洲、甚至是世界名列榜首的医学院，因为她拥有一个举世闻名的"头衔"，那就是负责评审和颁发诺贝尔生理和医学奖，所以不用赘言卡罗琳医学院有多么地"高大上"，光凭这一点，就可想象出她在全球医学界的权威地位！还有一点可以介绍一下，卡罗琳医学院的博士生，不用为生计奔波，因为他们每年可获得30万瑞典克朗生活费用，以保证他们心无旁骛、全身心地投入学习和研究中。

与同学一起在图书馆里查阅资料

我们中国具有现代意义上的高等教育起步很晚，如果把盛宣怀在1895年创立的北洋大学堂算作大学的话，那满打满算大概也就125年的历史，这样的大学在欧洲属于是"最年轻的一代"。世界上第一所具有现代意义的大学是创立于1088年的博洛尼亚大学，因为有古希腊、古罗马的历史底蕴支撑，所以南欧国家的大学，具有五六百年以上建校史的比比皆是。维京海盗开化比较晚，北欧的大学在年龄上一般都不能与南欧比肩，瑞典最早的大学是位于斯科耐省的隆德大学，她创办于1666年，距今也就300多年的历史。我有时看到南欧、西欧、以及中欧一些大学的楼宇，门楣上铸着"14XX年"，"13XX年"的字样，就觉得似乎像一个老祖母在向世人诉说着源远流长的家史。但斯德哥尔摩大学没有这份荣耀，因为她出生很晚，正式建校已是1878年了，仅比中国的京师大学堂早17年，尽管如此，我还是非常喜欢她犹如贵妇一般的沉静和优雅，很怀念她深山空谷般的幽静、很留恋她那童话王国般的安宁……

　　斯德哥尔摩大学规模很大，我去的时候有近4万多学生和5千多教职员工，但这学校在世界上的排名大约在180左右，远逊于中国大陆"排名50"前后的大学，但就是这排名在180左右的学校，却培养出了7名诺贝尔奖得主，而我国那些"排名50"前后的学校，却是连诺贝尔奖的边都没摸着，这真是一个大大的悖论！我不知国人是否能从中看出点什么？或是能从中悟出点什么？

　　我还知道一个所谓的"大学排名"内情，那就是北欧国家的大学，因为大多数是免学费的公立大学，所以一般不会与那些排名机构合作，更不屑和不齿与中介有经济利益上的来往。说得更透彻一点，就是北欧国家政府的清廉裹挟了大学，以致学校的掌门，包括跟班，在经济活动上是绝对不敢造次的，我从没见过、也没听说过北欧有哪所大学的校长因贪贿而进班房的，反观我们国家某些高校的现状实在太不堪，那些被爆出的有辱斯文的行为，我很难用语言来表述内心深处的难受……

在斯德哥尔摩期间，我还发现因为国情不同，所以中瑞两国大学生在对职业选择的认知上有较大差异。有一次我在学校里和两个大三的学生闲聊（她们是比较艺术史专业的），因为是高年级生，所以我就随意问起她们毕业之后的个人打算：

在毕业论文答辩会前与导师交谈

学生甲：……毕业后找什么工作？还没想过，很想先做一个志愿者，比如环境保护或救助难民等，索马里和阿富汗有很多难民需要帮助。

是不是因为学的专业找工作困难，所以想先当志愿者过渡一下？

学生甲：不，不是的。我现在就在工作，在图书馆，星期四、星期五两个下午，星期二下午还要去卖汉堡包，都是有报酬的（他们对工作、职业、谋生手段的理解，和我们中国大陆略有区别）。

那你们大学毕业后喜欢干什么样的职业？

学生甲：唔——没想好，导游！干导游很好，可以到处旅行……

学生乙：我想去法国和意大利学习或工作，他们国家的艺术史内容比我们国家丰富多了，还有俄罗斯、西班牙……

有没有想过从事教育工作，就是当老师什么的？

学生乙：能成为老师当然很好，但资格考试有点难，我恐怕不行。

我是说你们可以到大学里当本专业，就是比较艺术史的老师，说的更宽一点，你不是想去意大利或法国吗？可以去那儿的学校应聘当老师呀？

学生乙：那更难了。首先我要像你一样去读硕士、博士，一路读上去，像我这样的能力，起码要读到30岁以后。

我们中国很多大学生毕业后都争着去考政府部门的公务员，你们有没有这方面的想法？

学生甲：我不太愿意到那种地方去工作，也从来没想过，因为我不喜欢在办公室里一成不变地处理公文，这有点枯燥和单调。

学生乙：我也从没有想过从事这种职业，这太不合我的兴趣了，我也没听说过我周围的朋友有这打算。

因为我和这俩女生从小所处的社会环境差别太大，所以思维方式也存在较大的差异，和她们的交谈不那么合拍亦属情理之中。此后，我和瑞典的本土学生还有过几次内容相似的交流，但说的话和上面两个女生大同小异。不过有一点可以肯定，那就是中瑞两国学生的职业观大相径庭，之所以如此，我个人认为主要还是因两个国家社会的保障体系有落差所致。

斯德哥尔摩大学学生

有人说现在中国大陆高校已转型为变相的"职业介绍所"，不管是"211"还是"985"，都视"学生就业率"为主要业绩，这让人感到非常困惑，如果说专科、本科教育这样还情有可原，但硕士、博士层面也归于"求职教育"范畴，那肯定是有点荒唐了。

在欧美国家，很少有大学生把进政府部门供职作为第一选择的，更没有中国大陆那种"国考"的疯狂现象。我大学毕业那一年，有媒体刊载报考农业部办公厅"综合处科员"一职的供需比例是1:3082，当时就有很多学者诟责这是极不正常的社会现象，因为无论在哪个国家，你都不能想象一个工程机械专业的硕士生，或古典文学的博士生会去应聘"综合处科员"这样一个职位，因为这两者之间

校园一隅

根本就是风马牛不相及！一位社会学家曾哀叹：中国现代知识阶层中，有很大一部分人在权势、世俗和生存危机的三重诱惑和压迫下，完全丢弃了知识的尊严底线，毫无廉耻地堕入犬儒主义的黑洞里去了。

我也很不理解这样的社会现状。

梁启超说"少年智则国智……少年强则国强……少年进步则国进步"，我实在难以相信一代"争当科员"的大学生能担纲民族伟大复兴的大任，还是让历史来开具这张验证单吧！

女权主义

在北欧国家求学，女性主义运动是第一个绕不开的话题。

有一次，我们同学在一起谈论波伏娃的《第二性》，男同学维克托突然恨恨地冒出一句：瑞典的性别平等过头了，应该矫枉过正！

我问他何出此言？

他义愤填膺地控诉道：我们去社会上应聘求职，招聘者为了显示性别平等，往往是优先录取女性，即便有的女性在能力上明显不如男性。这真是太魔幻了，对男人很不公平！

我后来终于知道了维克托抱怨的出处，因为他本人就是"女权主义"的直接受害者——求职时被同一岗位的女性应聘者硬是挤掉了。他今天之所以成为我的同学，也是因为"受女权主义的迫害"（维克托语），一气之下重返学堂的。

我父母第一次来斯德哥尔摩探亲，刚下飞机就对我说，同机坐在前排座位的一对瑞典夫妇很有趣，整个航程中都是丈夫在给孩子喂食换尿布，而老婆在一旁不闻不问，只管看书或睡觉，这让在国内习惯了母亲照看婴儿的他们很是诧异。但几天之后父母就见多不怪了，因为我的邻居"女尊男卑"现象有过之而无不及——周末时一家子出门，老公背负一个，右手牵着一个，左手用推车推着一个，而老婆却肩挎小包，牵着一条狗，像个局外人一样悠哉悠哉走在后面，而这样的风景线在瑞典随处可见。

我还发现，以前被中国人津津乐道的欧洲男子绅士风度，在北欧国家正日趋淡化（或是海盗遗风回潮作祟），日常生活中那种为女子开门、拉椅子一类"绅士行为"已很少见，这似乎是女权主义的另一种表现。我有时和男同学、男老师在门口或电梯里相遇，他们也没有先于我开门或后于我步出电梯。更令我耿耿于怀的是，我从斯德哥尔摩国际机场前往公交车站途中，因为携带着一个大包和一个大箱子，所以上下台阶有点力不从心，但旁边有男士走过就是熟视无睹，恨得我心里暗暗咒道：这也算是文明社会?!

从社会表象上看，今天北欧女性主义最凸出的表现莫过于政坛，我曾拜访过瑞典的议会，发现端坐在大雅之堂上的女性议员竟然将近一半（据悉准确数字是47%），而且北欧5国，芬兰、挪威、瑞典、丹麦、冰岛，都已有过女

爱好和平

性担任国家最高行政长官的记录，这在喊了半个多世纪"男女平等"口号的中国大陆是很难想象的。在北欧，甚至在整个欧洲，"妇女能顶半边天"已被视为陈词滥调，维克托之辈甚至觉得不应该让女权主义过度膨胀！

我查阅资料发现，现在欧洲各国政府内阁中的女部长、女大臣，一般都在1/3以上，很多是接近半数，在地方行政官员中，女州长、女市长、女警察局长等层出不穷。更为重要的是，这些女性阁员和女性官员并不是"组织培养"或是为了考虑"女干部比例"而刻意安排的，她们都是受过良好教育、具有真才实学、具有和男人一样行政能力的女性。我觉得最有意思的是西班牙的国防大臣卡梅.查孔，我很清晰地记得媒体上曾刊登的一张照片：当时

37岁的高龄孕妇卡梅，挺着大肚子，一脸肃穆地检阅西班牙三军仪仗队……

"人生莫作妇人身，百年苦乐由他人"，这是1000多年前白居易在其名作《太行路》中的两句诗，它折射了旧时代女性的生活和社会地位。今天沧桑巨变，全世界，特别是欧美的商界、政界和军界的高端职位上，都不乏女性的身影。

但北欧并不是女性主义的发祥地，历史上女性主义运动起源于法兰西，因为早在法国大革命时期，当时的妇女领袖奥兰普·德古热就拉开了女性主义运动的帷幕，她发表的《女权宣言》开宗明义呼吁：妇女生来就是自由人，应该和男人有平等的权利！但奥普兰·德古热的革命同僚并不认可她"妇女应该有和男人平等权利"的主张，最后竟然还把她送上了断头台。

社会平等

在北欧国家生活，第二个绕不开的话题是社会平等。

当今国际社会有一共识：即无论何种社会制度、无论何种意识形态、无论何种宗教信仰，促进社会平等是一种责任和义务。因为，社会平等是国民幸福指数绝对不可或缺的一环。

1986年2月28日晚，当时的瑞典首相帕尔梅和夫人丽丝贝特在电影院看完影片《莫扎特兄弟》后步行回家，在路上遭一暴徒枪击，帕尔梅身亡。

这是一出大大的悲剧！

但有一点我很疑惑，首相出门怎么没有保镖、随从、秘书之类的人陪伴呢？而且据说帕尔梅还是自己去影院购票，这对于中国大陆民众来说几近天方夜谭，我不解个中缘由，也难以说清孰是孰非，只能把这归结于瑞、中两国的国情不同。瑞典同学告诉我，他们国家只有国王和首相有保镖，这还是因为帕尔梅首相遇刺后才有的保安措施。时间一长我还听到和看到，北欧国家的领导人，国王、总统、首相、部长等，经常在街上独自散步、遛狗以及在商店购物，部级官员与平民百姓一起，乘着地铁和公共巴士前去上班，有的官员还骑着自行车，风驰电掣般地穿街而过……，国家最高领导人都如此，更遑论一般地方行政官员了。所以国际社会公认，北欧五国是世界上行政官员平民化程度最高的国家。

两年后，我基本了解了北欧社会平民化的理论依据：即无论你出身哪个家庭，无论你从事什么职业，无论你具有何种社会地位，都没有炫耀和自诩的资格，更没有小觑、轻视和嫉妒他人出身、职业和社会地位的权利，平民化就是要确立社会成员之间的人格平等。毛泽东曾说过：我们的一切工作干部，不论职位高低，都是人民的勤务员，我们所做的一切，都是为人民服务的。这话在一个特殊的年代，作为共产党人的一种形象标签，被有意识或无意识地嵌入了国民的头脑中，它还被作为建立公平的理想社会，在全国范围内进行广泛的宣传，遗憾的是，随着社会形态的嬗变，这种宣传和社会实践已渐渐退出社会舞台了。

社会平等，应该成为一种社会风尚，具体反映在人们的日常生活中，这也是马克思主义学说的基本观点。

　　斯德哥尔摩在英语中是"木头岛"的意思，城市最初只有一座用木头建造的城堡，但现在俨然已是北欧首都，令人羡慕的是，瑞典已经200多年没有战争了，因此斯德哥尔摩被世人誉为和平之城。

　　我在斯德哥尔摩的租屋地处郊区，但住宅区的生活配套设施很齐全，而且自然环境一流，绿草如茵，树木茂盛，整个小区掩映在一片绿丛中，大环境既优雅又安静，最令我喜欢的是不远处还有一个很大的湖，闲暇时可以去那儿野餐，或傻坐发呆……

　　有一次我和父母去湖畔野餐，吃饱喝足之后，我父亲躺在草地上养神，我上前催他回家，他嗔怪道：我正欣赏斯

我们有时来这湖边野餐

堪的那维亚上空的云,雅兴被你搅没了。回家的路上,我有点后悔自己不识时务,因为我父亲,以及他这一代人的生命历程中,能有几次静静地躺在湖畔的草地上"欣赏……上空的云"那种惬意呢?

我离开斯德哥尔摩已经8年了,随着时间的推移,我越来越思念那座城市,思念风情万种的梅拉伦湖,思念曾经居住过的幽静小区,当然,更多的思念还是我求学的异国母校,真想有机会重返一次,在校园的林间小径中漫步,或躺在柔软的草坪上放空思想、荡涤心尘……

斯德哥尔摩城市风光

美因茨，岁月静好！

序

2013年初，我作为国家公费生被选派到德国美因茨大学攻读博士学位，这是我第二次来到德国。

两年前，我曾到柏林、慕尼黑、纽伦堡等城市旅行，游山玩水的心情既轻松又惬意，但此刻"二进宫"却怀揣一份忐忑，因为如果我没能如期完成学业，那不仅难以向国家交代，就是自己的脸面上也过不去，这就像闺蜜为我送行时戏言的那样，上对不起投资者的高额付出，下辜负亲朋的殷殷之期。所以，公费留学不像人们通常理解的那样潇洒和无所忧虑，它有一种自费留学所感受不到的精神压力。

    我的一位学长曾对我说，在欧美国家读博士，虽然没有像国内那样进行严格的考试筛选，但想拿到货真价实的学位，不仅要有扎实的专业基础知识，还要有"衣带渐宽终不悔"的毅力。事实证明学长的话一点也不夸张，当我进入角色后立马感受到了"苦难行程"——我导师开列的阅读书单差点就没把我吓晕过去，虽然我在阅读上没有语言障碍，但要读通和领会这些原版书中的内涵，还是颇费周折的。为了完成导师布置的阅读作业，我在读博的第一年，没有走出过30公里以外的地界，而一边嚼面包一边看书几乎成了我日常生活的标配。时间久了我还了解到，我的同门师兄师姐中，有的竟然已在读博这条道上匍匐前行

美因茨大学校牌

五六年了。欧美的高校，宽进严出是因循了数百年的传统，中国大陆很多国民，包括一些知识分子，往往以自己的思维方式去想象欧美国家的国情，这难免是要有失偏颇的。

总算不负众望，历经三载寒窗苦读之后，我终于以最优博士论文通过了导师和专家委员会的苛刻评审，我一生中真正理解"如释重负"一词的涵义，就在那一瞬间……

荣誉之争

美因茨大学创建于1477年，迄今已有550多年的历史了，她的全称是"约翰内斯·古藤贝格美因茨大学（Johannes Gutenberg-Universität Mainz）"。古藤贝格是欧洲活字印刷术的发明者，在美国人麦克·哈特所著的《影响人类历史进程的100人排行榜》一书中，他名列第8位，因为贡献非凡，古藤贝格被德国人册封为"美因茨之子"。

但按照我们中国历史教科书上的说法，活字印刷术是中国古代的四大发明之一，其专利的拥有者应该是北宋年间的毕昇，如果从时间上算，古藤贝格的活字印刷术面世要比毕昇晚400多年。遗憾的是，就像中国古代另外三大科学发明一样，毕昇的活字印刷术在推进社会生产力上所起的作用没有足够大，而古藤贝格的活字印刷，在欧洲"变成了科学复兴的手段，变成了对精神发展创造必要前提的最强大的杠杆"（马克思《机械、自然力和科学的运用》），所以维克多·雨果曾褒奖古藤贝格

我行故我在·上

印刷术是世界上最伟大的发明。

为了纪念伟人，美因茨还有一家博物馆，一个广场、一条街道、以约翰内斯·古滕贝格命名，广场和街道是我在美因茨时经常晃荡之处，但3年中我却没进过古滕贝格印刷博物馆，因为我坚持发明活字印刷的"专利"属于毕昇，他应该，也完全有资格和约翰内斯·古滕贝格并列于影响人类历史进程100人的排行榜中。为了挣回这一民族荣誉，我没少和德国同学雄辩，而且好几次还闹得面红耳赤，不欢而散——我贬他们是贪天功为己有，他们斥我是狭隘民族主义作祟。虽然每次争辩都无果而终，但至少在嘴上我从没输过。也许正是因太在乎这个民族荣誉，以致我一次也没进过古滕贝格印刷博物馆，现在想来有点后悔，这样的"恨屋及乌"确是有点狭隘，"倔"和"犟"，有时会影响一个人的正常逻辑思维。

美因茨大学里有一尊古滕贝格的半身石雕像，我进校每次都从他的身边走过，也许是习以为常了，所以我没什么感觉，但我父亲倒是很敬仰古滕贝格，他两次来美因茨探亲，两次在石雕像前留影，不仅如此，好几次还和我母亲絮叨毕昇和古滕贝格的活字印刷术在社会学上的意义。

世界上从没人否认或小觑过我们汉民族的聪明才智，只可惜我们的聪明才智，以及由它创造发明的器物，在促进人类社会的文明进步上没有得到物尽其用，有时甚至还被用在了旁门左道上，一言以蔽之：令人扼腕长叹！

美因茨大学校园内的约翰内斯·古滕贝格雕像

小城故事

美因茨是莱茵兰—普法尔茨州的首府，也是州内最大的城市，但这个"州第一大都市"总人口仅20万左右，全部的领土面积不到100平方千米，在市中心逛一下，半天时间足够了，所以凡到美因茨来观光的旅客，基本都是一日游。有一次我的同胞戏言：美因茨这样的城市规模，在我们中国大概就是一个五线城市。

如果以城市人口数量为标尺，同胞的戏言还真是不无道理。

德国超过百万人口的城市只有4座，柏林、汉堡、慕

莱茵河畔的美因茨城标

尼黑、科隆，除了柏林有300多万人口外，后面三个城市都只有100多万常住居民，排名第5的法兰克福是欧洲央行所在地，也是欧洲第三大航空枢纽（前面是伦敦和巴黎），城市人口仅70多万。但我发现很多德国人对大都市缺乏热情，他们似乎更钟情于小城小镇甚至是乡村，像中国大陆国民那种对"北上广"的极度向往，在德国人看来几乎就是一种疯癫行为，这或许是因国情有别而导致的观念差异。我的一位德国师姐曾对我说，她不喜欢大城市，因为环境不好，太嘈杂。她还认为超过50万人口的城市就不是理想的居家之地。我初始以为这是她的个人理念，没料到这在德国竟然属于是"普国价值观"。

美因茨虽然很小，但却是"五脏俱全"，都市生活必须的功能匹配一应俱全，尤其是文化设施之完善更是超乎我的想象，20万居民不到的小城里，不但有标配的戏剧院、歌剧院，另外还有好几家小型的艺术剧场，这是中国大陆同类城市绝无仅有的。这些剧院每星期都有演出活动，最令我欣喜的是美因茨大学的学生在一个特定的时间内能免费进去观剧——校学生会与市政府文化部门签有一个协议，即剧院公开售票的最后三天如还有余票，学生可凭学生证免费领票入场。我在美因茨的3年多时间里，几乎每个月都去看演出，最多时有过一星期观摩三场的记录，无论是话剧还是芭蕾，抑或是音乐会（剧），我都颇有兴趣，这样天上掉馅饼的大好事平生还是第一次遇到。

免费看剧之于我有三大益处：首先是加深了对德意志

美因茨火车站

民族文化的了解；其次是语言水平长进不少；最后，也是最重要的，就是对我的专业学习颇有收益。

美因茨小城还有一个跻身于德甲联赛的足球俱乐部，因为不是豪门球队，所以战绩不尽人意，总是在末尾几名中挣扎，但我臆测中国国家足球队肯定不是它的对手，因为它水平再

双子星座

烂，终究还是忝列于德甲的球队。我虽不懂足球，可我了解中国足球的水平以及它在世界足坛的地位，我的同胞在给我普及"足球常识"时说过，即便是在亚洲，中国足球也是第三等级，而亚洲第一等级的水平，到了欧洲也就是第三等级。这样几近云泥的差距令我不胜唏嘘！美因茨足球俱乐部的主场离我居住的学生公寓很近，步行过去不到10分钟，但我从没进去看过球赛，因为足球不是我的菜，我喜欢的运动项目是游泳和壁球。

我父母来美因茨探亲时，几乎每天傍晚都步行穿越整个城市，到莱茵河畔闲逛，或坐在岸边观赏夕阳余晖，他们的行为也足以说明美因茨城市在地域上的狭小。但就是在这么一个蕞尔小城里，却有好几个藏品丰富的博物馆

莱茵夕照

（这又是中国大陆同类城市绝无仅有的），特别是她的州立博物馆，里面不但珍藏有罗马帝国时代的文物，还有拿破仑捐赠的36幅名画，据说这个博物馆就是为了收藏这36幅画而建的。

他山之石，可以攻玉，我希望随着社会的进步，我国的古城古镇也能具有这样的文化品位。

莱茵河畔有好多露天的咖啡吧、酒吧和餐馆，夏日的傍晚，市民们都喜欢去那儿小憩，但我一次都没享受过，因为地段优势，所以那儿的饮料食品比一般的食府要贵20%以上。我们中国学生，特别是上海籍学生聚会一般都去中餐馆，虽然美因茨中国餐厅的菜肴似乎有点"串味"和

夏季傍晚，教堂广场上经常举办开放式音乐会。

"走样"，而且价格不菲，但一看到糖醋排骨红烧肉、清蒸河鱼油爆虾，就立马好像身处黄浦江边。

"小城故事多，充满喜和乐，若是你到小城来，收获特别多"，邓丽君唱的这首歌曲，就像是为美因茨"量城定制"的，我猜测所有到过美因茨的中国人，不管是留学生还是游客，一定都会喜欢这座"五线城市"的，为什么？答案就在城外缓缓流过的莱茵河中……

学府速记

美因茨城很小，但美因茨大学不小，她有3万4千多学生（其中有十分之一是和我一样的外国留学生），专业院系有150多个。美因茨大学还是一所在德国、甚至在欧洲很少见的、至今还有"围墙"的学校，但不是中国大陆那种高大、厚实的砖砌或钢筋水泥板围墙，而是一条树林带，外面包裹了一层铁丝网的围栏。但不管怎么说，对习惯了院墙文化的我来说，还是很有亲切感，因为这让我让感觉到自己还是学生，而不是生活在一座城市里的居民。

美因茨大学虽已有5个世纪的建校史，但在世界上却籍籍无名，即便在德国也算不上顶尖名校，可她在我的感觉中却像一个雍容华贵、气质典雅的中年妇女，沉静、从容、淡定，用风韵犹存来形容则是恰如其分。自她问世后的500多年来，德意志民族风云际会，几经沉浮，但美因

校门

茨大学不受其左右，始终在自己的"院墙内"稳妥扎实、满怀自信、一步一步地行进在探索人类真理的道路上，这种定力是我们中国大陆高校很难企及的。

在世界一些机构的大学排名榜上，特别是中国大陆的一些排名机构，德国的大学很少有进入前50名的，但欧美高校的业内人士都知道，几百年来，德国高校的教科研水平始终是世界一流的，像慕尼黑大学、洪堡大学、海德堡大学、哥廷根大学、慕尼黑工大等，其学术能力可与世界上任何一所高校争锋。更重要的是，德国体制内教育都是免费的，不像有的欧美国家把教育作为商品在世界上进行兜售，所以德国的大学不会，也没必要与那些评选机构有任何"业务往来"。妇孺皆知，在今天的商业社会里，你只

田径场

要愿意破费，那些唯利是图的评选机构就能把你往前步步推进，先把你送入"前百名"，再送你进"前50"，直至进入"前20"，我预测再过几年或许还会进"前10"甚至登顶！近年来，在所谓的学校排名上，中国大陆民众受愚弄不浅。

美因茨大学名震寰宇的学术成就不多，历史上只有两位诺贝尔奖的获得者，一位化学和一位生理学，还有4位莱布尼茨奖（在德国仅次于诺贝尔奖），但就是这么一点业绩，中国大陆没有一所大学能达到。世界一流大学的指标或许有好多条，但有一项重要指标是绝对不可或缺的，即至少有几位诺贝尔奖的获得者，现在世界上那些被公认的一流大学，都是诺贝尔奖获得者的聚集地。

音乐系

但我觉得美因茨大学最值得炫耀的，还是她和马克斯-普朗克研究所（简称"马普"，她的前身是德国威廉皇家学会，大致相当于中国科学院）在化学和聚合物领域的合作研究。国际科学界人士都知道，和"马普"合作是需要具备相应的资格和实力的，因为人们称誉"马普"是诺贝尔奖的摇篮，从1948年重建至今，"马普"已诞生了25位诺贝尔奖获得者，所以能和"马普"合作进行科学项目的研究，不仅使美因茨大学引以为傲，也使世界上很多大学趋之若鹜。

我在美因茨大学的校园里待了三年多，不但喜欢她那种慢条斯理、从容不迫的风度，也欣赏她那种崇尚科学、务实求真的传统，在那儿，我还感受到了一种"宁静致

生物系的百草园

我曾经住了三年多的学生公寓

远"的生存状态，所以，每当我徜徉在校园的林间小道上，或斜躺在天鹅绒般柔顺的草坪上，百无聊赖地遥望着天际线发呆时，我在身心上就会产生一种只可意会，难以言辞的惬意和舒坦……

师者父母

　　我的导师奥克莎娜·波加科娃，是国际上享有很高声望的业界翘楚，我在参加国际学术会议时，只要说起奥克莎娜·波加克娃的名字，很多与会者即面现恭敬之色，有的人甚至还翘起大拇指发几句赞词。毋庸置疑，我有幸拜在这样的名师门下，不仅在学术研究上获益匪浅，而且和业内同行交往和交流时也底气陡增，在我参加过的国际学术会议上，虽不能呼风唤雨，但至少是游刃有余的。

波加克娃教授不是德国人（从名字也可看出），她是俄罗斯人，严格地说是前苏联公民，她毕业于莫斯科国立电影学院，上世纪80年代被国家公派到东德洪堡大学留学。洪堡大学的前身是柏林大学，曾是德国的第一学府，虽然只有200年的历史，但因为是世界上第一所将科研和教学相融合的新式大学，所以被举世公认为"现代大学之母"。爱因斯坦、普朗克、黑格尔、玻恩、赫兹、哈伯、韦伯、叔本华、海涅等一大批世界顶尖学术大师都曾在该校任教或学习，自诺贝尔奖创立以来，洪堡大学已诞生了29位获奖者，我写下这些文字时，正好听闻法国女科学家埃玛纽埃勒·沙尔庞捷获得2020年的诺贝尔化学奖，她就是洪堡大学生物系的特聘教授。

洪堡大学主楼里的一面墙上，镌刻着这所学校曾经的学生，世界无产阶级革命导师卡尔·马克思的一段话：Die Philosophen haben die welt nur verschieden interpretiert es kommt aber darauf an sie zu verandern（大意是：哲学家只是用不同的方式在思考世界，而问题在于改变世界）。1949年，为了纪念学校的创始人、哲学家和教育改革家、也是当时普鲁士的教育大臣威廉·冯·洪堡，柏林大学改名为洪堡大学。

波加科娃教授在洪堡大学获得博士学位后就留在了德国，我不知道，也从没问过、更没有私下打探过她为何留德不归，因为在欧美，打探和询问个人隐私是一种极其不礼貌，甚至会被视为个人品行低下的行为。但有一点我敢肯定，我的导师当年能被国家公派到洪堡大学攻读博士，足以证明她各方面都很优秀，而且还符合国家制定的政治条件。波加科娃教授被公派到当时的东德留学属时代特色，因上个世纪中后叶东西方冷战，所以社会主义国家的公派留学生，大都囿于"社会主义大家庭"内，没有特殊情况，一般是不会被派到西方国家去的，故我导师被派到东德留学亦属情理之中。

沧海桑田，今天新一代的公派留学状况发生了根本性的翻转，现在与我同辈的公派留学生，大多数是在英美德法等西方国家的大学中，在我就读的美因茨大学里，像我一样的公派留学生就有好几位，学文学理学医的都有，这似乎应了那句"三十年河东，三十年河西"的俗语。

我首次见到波加克娃教授，在第一时间里就感受到了她言行举止中透出的、俄罗斯女性所特有的贵族范儿——温文尔雅、张弛有度、还略带一点凛然之色，在与她接触一瞬间，我的脑海里即刻浮现了安娜·卡列尼娜！俄罗斯女人的气质真不是仅靠颜值撑的，那是一种由内向外喷出的自信、自尊和自傲，我的导师就属于这种标杆形象。所以，在我三年多的博士学习研究中，波加克娃教授不仅在学问研究上指导我，还潜移默化影响和改变着我日常生活中的言行举止，从某种意义上说，她是我的偶像！

初始，波加克娃教授那副"冷傲和一本正经的模样"，让我产生了一定的心理压力，因为我揣度像她这样的女性缺少亲和力，我顾虑日后在学术研究或日常生活中，和她交往有一定难度。但几个星期之后，我就发现自己是"小人之心度淑女之腹"了，因为波加克娃教授不但贵妇风范十足，而且颇有长者之风，她对我的关心和热情，似乎比她的另外几位弟子还更多一些。时间一长我弄清楚了，这主要是源于两个原因：一是我和她有一个相同的个人志趣，即对古典音乐的嗜好，这就使我和她有了比别的同学更多的话题交流；二是我有一个研究的方向，正好是波加克娃教授也很有兴趣，但一时无暇深入的专题——关于解读爱森斯坦如何使用音乐中的泛音序列来剪辑电影。波加克娃教授曾鼓励我说，如果我写出具有独特见解的文章，那就是研究这个专题的第一人。但我的个性较为慵懒，没有在这个专题上做更深入的钻研，所以也没有写出单独成篇之文，只是在博士论文的最后一章有所叙述，为此，我觉得自己有点辜负了导师的期望。

波加克娃教授虽然是在洪堡大学获得的电影学博士，但她对德国电影却很不以为然，甚至有点不屑，因为我在她麾下三年多，从没听到她对德国电影有过一句褒词，只要涉及德国电影的话题，沉闷、古板、缺乏活力等，就是她一以贯之的评价。

有一次，我在英国牛津参加国际学术研讨会，一位意大利同行得知我是奥克莎娜·波加克娃的学生，就夸赞我导师改变了德国电影研究偏重文学戏剧的传统，进而跟上了媒体研究的世界潮流。这意大利人还认为这是我导师对德国电影一个了不起的贡献。回到美因茨后，我把意大利人的褒扬转达给波加克娃教授，没料到她听了之后，很淡然地说道：这是因为德国政府给了我这么一笔钱，我才能去做好这么一件事！

2019年暑期，我去奥地利观赏萨尔茨堡音乐节，之后转道去柏林看望波加克娃教授（我导师任职在美因茨大学，但她和丈夫居住在柏林），顺便想当面感谢她为我的拙作《爱森斯坦和早期的现代性》（英文版）写的那篇长序。那天，波加克娃夫妇双双从屋里出来，到家门口的马路上来迎接我，一派"有朋自远方来，不亦悦乎"的欢喜模样，见到我后嘘寒问暖，又亲切又热情，这令我很感动，眼眶也有点潮热。我在国外求学和生活了这么多年，悟出了一点人情往来的道道，即世界各地的文化背景、生活习俗虽不尽相同，但人之常情和人之天性基本上是相通的。

同门学友

我刚到美因茨大学时，总觉得自己年近而立还漂洋过海来读博，这求学生涯似乎有点长了。有时私下里想，如果不是公派，我或许就不会"趟这浑水"（闺蜜语），早就混迹江湖赚银子或相夫教子去了。但安营扎寨几天后，与波加克娃教授门下的另外几位弟子一照面，我才发现自己竟是这个群里面年龄最小的一个！

我的师兄师姐来自世界上十几个国家，葡萄牙、希腊、塞浦路斯、日本、印度尼西亚等，他们之中不仅有大我一轮的，甚至还有年近半百的，这令我很是诧异。

我的日本师兄三川诚，已经是47岁高龄了，之前已经在海德堡大学获得音乐博士的学位，但不知他出于什么动机，竟然不顾"年事已高"再进山门诵经拜佛——到美因茨来攻读戏剧学博士，我人前背后都称颂他是"活到老、学到老"的光辉典范。我早就知晓，欧美日本有些人读博士，完全是出于对知识未知领域的兴趣，与工作没有直接的关联，但三川城以知天命的年龄还在"体制内"学堂里晃悠，还是让我感到不可思议。时间一长，我还知道三川诚在柏林有一位德国女友，他曾经过着寄人篱下的生活，因为女友不能忍受他那种"生命不息、求学不止"的价值观，所以就把他扫地出门了。不过三川城对此似乎一点也不在意，我每次在校园里见到他，始终是一派"中年不知愁滋味"的模样，脸上也一直洋溢着幸福和自信的微笑……

我师兄师姐的"家庭出身"真可谓是千奇百怪，每个人都有一个长长的、引人入胜的故事：有一位师姐，十年之前就已为人母，而且还是一个全职太太，因为老公来美因茨深造，她就跟随前来陪读。大概是天长日久生活单调，她竟然自讨苦吃重拾书本！有一次她和我闲聊，我问她博士毕业回国后打算干什么？在大学里教书还是去专业机构搞研究？没料到她回答说，回国后仍干家庭主妇这个老本行。我说那你干嘛要受这"二茬罪"？她答曰：闲得无聊呗！

尽管"有教无类"，尽管享受教育是天赋人权，但面对我师姐这样的学生，主人还是很不以为然的。有一回，一位戏剧系的德国教授，在小组研讨会上半是嘲讽半是戏言地说：各位尊敬的女同学们，如果你们拿到博士学位后，仍从事家庭主妇的工作，这对我们德国的教育资源是不是一种浪费呀（因为德国体制内教育都是免费的，所以除了生活之用，整个求学期间基本上没什么开销）？

校园撷趣

一

每个星期六上午，美因茨大学附近的一些居民，会拿出自己家中的"藏品"到校园里来出售，老式相机、装饰画作、艺术盘子、衣帽鞋袜等各类物品琳琅满目，其中还有农副产品和饮料糕点等……，这个二手货和自由市场混搭的"庙会"，是美因茨的一个传统项目。

我父母最喜欢去那"庙会"赶集，他们只要不出门旅行，星期六就必然光顾，而且出手大方，每次都要花上几十欧元，现在我家中有一大堆从那个市场淘来的货，光艺术盘子就有十几个。我父亲曾是记者，大概是出于职业缘故，所以特别钟爱那个市场，购物时总要和摊主聊上几句。美因茨的华人和留学生本来就少，逛二手货市场的更是凤毛麟角，或许是"人以稀为贵"，故平时有点矜持的德国人，这时不但和蔼可亲，而且还热情洋溢，有的甚至还喋喋不休、没完没了地和我父亲神侃，其中当然有推介自己货物的意图，这时我就觉得他们比我父母还烦人（因为我要在一旁不停地为他们翻译）。但我父亲却是乐此不疲，每当我出现不耐烦的神情时，就批评甚至斥责我没文化，因为按照他的理解，这"庙会"不仅体现了最真实的民风

我行故我在·上

49

"德式庙会"

民俗，还折射了一定层面上的民族文化，所以，他每次去那儿，不逛满三小时是绝对不回家的，只是苦了我这个现场翻译……

二

　　德国没有，也从不搞大学排名，所以不会有"211"、"985"、"双一流"这一套模式，但德国的大学在文体娱乐或公共服务方面却有评比和排名，给我印象最深的是全德大学食堂排名。

　　我不太了解这个食堂排名的详细内容，但听同学介绍说，评比的条款和程序就像德国人的行事风格，既认真又严格，几乎就是一丝不苟。但是很遗憾，在我留学的这一时间段中，美因茨大学的食堂排名都是在最后3名中徘徊，所以每次评比结果公示后，校园里总是诟责声一片，这令校方很纠结。可我倒是一点也不在意美因茨大学这一"不光彩的记录"，甚至还希望她能保持下去，因为，名列榜首的海德堡大学，一顿午餐的标配是15欧元，而美因茨大学只有2.5欧元，这对大多数穷学生来说，不就是一种"幸福指数"的具体体现吗？再者，我对连续夺冠的海德堡大学很不以为然，因为这种用钱堆积起来的"荣誉"有什么意义呢？

直到今天，我还非常怀念美因茨大学食堂里的炸薯条，那是我在德国期间最喜欢的美食。

一层是餐厅，二层是阅览室

三

美因茨大学的学生会,与我的中国母校——南京大学的学生会有较大区别,前者是任何学生都可以申请参加,但要缴会费(数额根据你想得到的社会福利多少而定),但后者的学生会是一种带有"半官方性质"的组织,只有经过挑选的少数几个人能进入。

我入校后受利益驱使,就在第一时间加入了学生会,所享受的第一大福利是免费乘坐公共交通(包括到法兰克福、威斯巴登的轻轨等)。在欧洲发达国家,城市公共交通的票价不便宜,至少相对我们中国大陆来说是如此(货币比值)。我每个月所交的学生会会费40欧元不到,但我每月的交通费140欧元都不止,所以光是这一项,就让我省下了不少日常开销;其次是我能在学校公共食堂享用半价午餐,一顿2.5欧元;最后就是上面说过的,在美因茨国立剧院演出前的最后三天中可以领取免费的学生票,而在法兰克福、威斯巴登所在州剧院也可以半价购票,因为我喜好看剧,所以这一项福利也让我获利不少。

双子星城

距美因茨一箭之遥的威斯巴登,是一座具有2000多年历史的古城,虽然鸡犬相吠,但因隔了一条莱茵河,美因茨和威斯巴登就此分属两个州。威斯巴登是黑森州的首府,从美因茨乘火车过去不到半小时,所以,凡是到美因茨观光的游客,都会跨过莱茵河去威斯巴登,对喜欢旅行的人来说,路过而错过,那就是一种缺憾了。

我曾在网上看到人们褒扬威斯巴登"像一位风姿绰约的公主,知书达礼且举止得体,彰显着纯正、等级和资质",我觉得这称誉属于实至名归。有一则故事曾广为流传:二战时盟军的轰炸机数次飞过威斯巴登的上空,却从未丢下一颗炸弹,这是否属于飞行员的"怜香惜玉"所致?据说艾森豪威尔将军一度曾想把司令部设在威斯巴登(这不是空穴来风,是有案可查的),因为当时德国很多城市已被炸成废墟,硕果仅存者十之一二都没有。威斯巴登也是我在德国时拜访次数最多的城市,因为我常去那儿看电影或观剧,有一次,我还陪我父亲的大学同窗许晓敏夫妇去观赏话剧《奥赛罗》的彩排,但即使是看排练,也要买票入场,而且票价还不便宜,要5欧元。

很有艺术品味的威斯巴登火车站

威斯巴登有两张名震寰宇的名片，一是干白"雷司令"，二是温泉浴场，两者都有源远流长的历史。

一方水土出一方特产，因陶努斯山脉和莱茵河所形成的地形地貌，所以威斯巴登地区盛产葡萄，其种植的历史可上溯到罗马时期。但如果你要深入了解"雷司令"，那最好还是去拜访已有900年历史的约翰尼斯贝格宫地下酒窖（酒窖属于19世纪时奥地利外交大臣梅特涅家族所有），因为里面存放着一万多瓶250年以上的佳酿。酒窖有"地下图书馆"的别称，如果你有幸前往一顾，那么讲解员可以给你上一堂丰富的"葡萄酒文化课"。我父母两次来美因茨，都从当地的酒庄里买了好多瓶干白和冰酒带回家。据老资格的品酒行家说，威斯巴登的干白和冰酒不但口感极佳，而且价格仅为国内同类产品的五分之一。

"如果您关注健康，请来威斯巴登"，这是德国人经常自夸的豪言。因为威斯巴登有几十股温泉，其喷涌的历史和葡萄种植一样，同样可上溯到罗马时期——当时为了能让士兵们洗澡，罗马人就在温泉旁建了浴室，威斯巴登城市的名字也由此而诞生。20个世纪过去了，人们一直享用着大自然的恩赐。现在每年从世界各地来威斯巴登疗养健身的客人不下几十万，但我却一次也没进过那些温泉浴场，因为费用昂贵。

经过2000多年的不断完善，威斯巴登拥有历史最悠久、环境最典雅、服务最讲究的温泉水疗中心，其中最著名的当属弗里德里希皇帝浴场，里面建有古罗马式的洗浴配置，客人身临其境，即可享受温泉理疗的舒适，还可体

威斯巴登的酒庄，我们经常来这儿购买冰酒和雷司令葡萄酒。

验一番2000年前罗马人养身怡情的感觉。

今天，威斯巴登超越美因茨而成为网红，部分缘由因"威斯巴登女婿"郎朗所致，他和德韩混血美女吉娜·爱丽丝的爱情，被人贴上了"郎才女貌"的标签。但我对这样的网传很不以为然，因为吉娜根本勿需郎朗帮衬而扬名，至少在专业上如此。虽然吉娜在中国大陆的名声或稍逊于郎朗，但她的钢琴演奏水准在业界绝对是一流的。吉娜4岁开始学琴，8岁就上台演出，成年后入读汉堡音乐戏剧学院，不仅是科班出身，而且在求学期间还师从多位名家，其中就有郎朗的恩师加里·格雷夫曼。吉娜最近一次进入中国大众视野，是在2020年央视的中秋晚会上演唱歌曲《不灭的烟火》，当时的钢琴伴奏就是她的丈夫郎朗。

但是现在网上关于这对"钢琴夫妇"的负面之声不少，说他们经常在外利用名声捞金，我不知内情，所以不敢妄言之。

我在美因茨生活和学习了 3 年多时间，可以这么说，我学习能力的进步和生活价值观的形成，就在这 1000 多个日日夜夜里……

克卢日·纳波卡纪行

——我在欧洲参加的国际学术会议（上）

2013年10月，我接到国际媒体交互研究协会（International Society of Intermedial Studies）的邀请，赴罗马尼亚克卢日·纳波卡参加"数字时代对媒体交互再思考"的学术研讨会，这是我在德国攻读博士期间首次参加的高端国际学术会议。

克卢日·纳波卡是一个具有2000多年的历史古城，不但在罗马尼亚享有文明摇篮的盛誉，而且十八世纪时还曾是奥匈帝国统治下的特兰西瓦尼亚公国的首都。当然，克卢日·纳波卡的名声远扬，更多地还是因爱尔兰作家斯托克创作的小说《德拉古》，一个世纪以来，这部经典名作被数十次改编成影视作品，就像意大利的维罗纳一样，因莎

士比亚的《罗密欧和朱丽叶》而吸引了世界各地的游客蜂拥而至，吸血鬼德拉古在欧美国家也几乎是家喻户晓，所以每年前往克卢日·纳波卡的观光者也接踵而往。这种因一部小说所产生的旅游经济效益，在世界各地比比皆是。

　　虽然克卢日·纳波卡在欧美名气很大，但在中国大陆却是名不见经传，就我的见闻所知，中国大陆的专家学者参加国际学术会议，基本上都喜欢奔英美德法等国而去，对在罗马尼亚这样的欧洲三线国家，而且又是在一个鲜为人知的城市举行会议，一般是了无兴趣的。不过欧美国家的学者却是兴致勃勃，与会者竟然有200多人。至于我，作为一个业内晚辈，能受到国际权威学术团体的关注，怎么说也是属于机会难得，所以我接到邀请后立马欣然前往。

"匈罗国际巴士"

罗马尼亚不是申根国家，而且那时尚未对申根签证持有者免签，所以尽管我有德国居留证，却也必须前往罗马尼亚驻德使领馆办理签证事宜。但我考虑到在克卢日·纳波卡滞留最多不会超过5天（而为办理签证整理材料，包括候审等起码耗时半月以上），所以我决定以过境落地签证的方式进入罗马尼亚，因为该国有规定，持申根签证者可免签在该国停留5天。在欧洲国家旅行，弄清楚各国对待入境者签证的各种规定很重要，这样不仅可以省心省力省时，有时还能省钱。

我从法兰克福飞到布达佩斯，准备在那儿搭乘国际巴士去克卢日·纳波卡。2011年夏，我曾到匈牙利旅行，在布达佩斯逛了3天，所以对这座城市还是蛮熟悉的，但当我从机场急匆匆地赶到了发车点时，发现既没有候车室，也不见国际巴士的踪影。在我们中国人的想象中，冠以国际巴士名号，总应该有个候车站，但这儿连个候车棚也没有。我急急地四处找人询问，最后总算在一条马路的拐角处发现一辆车身脏兮兮，车厢里黑黝黝，且只能乘坐七八个人的小面包车，一问驾驶座上的司机，竟然真的是匈罗两国之间的"国际巴士"！我不禁大吃一惊，心里还有点发怵，犹疑了好长时间不敢上车，但一想到行程都已安排好，已没有时间选择更换交通工具，所以只好壮壮胆、硬着头皮上了车。

同行的乘客都是罗马尼亚人（事后知晓），男女都有。我之前曾听一些欧洲朋友说过，近年来罗马尼亚人口碑不佳，甚至有"男盗女娼"的恶名，因为在巴黎、伦敦、罗马等一些大城市，被抓获的小偷和妓女，来自罗马尼亚的占了不小比例。但我总觉得这样贬损一国国民有失公允，因为世界上任何一个国家中都有坏蛋与恶棍，但肯定还有更多的善良与诚实之人，事实也证明了我的想法是正确的。

上车伊始，由于语言障碍以及先入为主的偏见，使我对车上的乘客心存戒备，但后来行程中所发生的一切消弭了我的顾虑，在七个多小时的旅途中，司机和乘客用所知晓的少数几个英语单词为我提供了很多帮助，特别是在通关时，司机不但为我做翻译，同时还提醒我不要忘了过境停留的天数，以免引起不必要的麻烦。在中途停车休息时，女乘客主动给我上洗手间的零钱，这些充满善意的行为令我很感动，也摈弃了旁人灌输给我的对罗马尼亚的不良印象。

德拉古的领地

"克卢日"是拉丁语，意思是"夹在山丘间的城市"，"纳波卡"则是古代达契亚人要塞的名字。"匈罗国际巴士"从平原地区进入特兰西瓦尼亚高原时（虽然称高原，但海拔最高处也只有800米），山道七拐八弯，车子颠簸不断，这也使我从现实感受中体验了一把城市名字的内涵。

克卢日·纳波卡第一次以文字形式面世，据说出自古希腊大学者托勒密的笔下，但具有历史意义的城市文献记录已晚至12世纪。罗马尼亚人称克卢日·纳波卡是"特兰西瓦尼亚的心脏"，因为她不仅是整个地区的经济首都，更是区域文化精神上的象征。按现在的城市规模和人口数量来说，克卢日·纳波卡是罗马尼亚的第二大城市，虽然是一个工业中心和交通枢纽，但她的老城区依然保持着中世纪的古朴风貌，那个年代遗留的路灯还高悬在马路上，大大小小的弹格路两旁大都是哥特式建筑，其中最具代表性的是圣迈克尔大教堂和班菲宫，前者已有600多年的历史，后者则建于18世纪。欧洲的建筑成就，不管是什么风格，也不管是什么年代，主要体现大都是在教堂和皇家宫殿上，克卢日·纳波卡当然也不例外。

东正教大教堂

现在学术界对城市起源一般持有三种观点：一是防御说，即建城郭的目的是为了不受外敌侵犯；二是集市说，随着社会生产发展，人们手里多余的农畜产品需要有个场所进行交换；三是社会分工说，因为生产力不断发展，各类社会从业人员需要有个地方集中起来开展分门别类的产品生产。从历史成因上看，我觉得克卢日·纳波卡应该属于第一种。

出于专业的缘故，我个人对克卢日．纳波卡了解源于当地的一个电影节——特兰西瓦尼亚国际电影节（TIFF），这是罗马尼亚电影促进会在2002年创办的一个国际故事片节，时间虽不长，但已名声在外，因为期间不仅放映世界各国的很多优秀影片，而且还组织各种具有相当水平的研讨会，讲习班以及音乐会等，我虽然因条件所限而没有参加过，但已久闻大名。

公共服务体现文化积淀

欧美国家举办学术会议，与中国大陆的做派大相径庭，既没有宴请宾客的山吃海喝，也没有豪华酒店的免费入住（中国近年来在这方面已有所改进，但我觉得还没彻底到位），很多时候连食宿也要与会者自己安排，我这次参会就是如此，承办方仅仅安排了礼节性质的自助晚宴，而住宿则是由自己解决的。

碍于经济条件和出行方便等原因，我选择下榻在离会议地点不远处的一家小旅馆，旅馆的门面不起眼、室内装潢也很落后、但房间室内整理却是规范有序，而且整个环境一尘不染。我入住后，老板向我炫耀说，斯托克曾在这旅馆住过，我虽不辨真假，但仍报以礼貌地一笑。由于一些历史原因，东欧各国在经济发展水平上和西欧、北欧国家有落差，很多城市的基础设施建设还比不上中国的三四线城市，但经济和城建上的滞后，并不影响他们在服务性行业上所秉持的传统观念，特别是在食宿等公共服务的规范性上，东欧各国与西欧、北欧国家相差无几。

有一次，我和父母在爱沙尼亚首都塔林观光，因为正逢暑期旅游旺季，再加上当地正举办一个地区性的国际会议，所以留给普通游客的住宿选择很有限。我在网上订到的一家旅店，档次较低，当我们走进房间后，发现屋里各种设施都很陈旧，我父亲不放心，就先是检查卫生间，接着又翻看被褥毯子等，最后还用手摸了一下穿衣镜的上框，结果发现上面竟然一点灰尘也没有（我父亲是记者出身，出差是家常便饭，所以这方面有相对丰富的经验），完了之后，他很感慨地总结道：文化背景不同，生活观念也不同。

所以，旅馆业管理上的优劣，表面上似乎是一种服务水平的高低，但往深里看却是一种文化传承所致，它折射了一座城市、一个地区、一个国家乃至一个民族的社会文明程度，这不是靠整改整顿、靠硬性规定或政策条文什么的就能一蹴而就的，它需要文化层面的积淀。

波隆贝斯库 葡萄酒

我的父辈对罗马尼亚这个国家远比我们这一代人熟悉，因为上个世纪70年代，中罗两国称得上是密友，当时中国进口了不少罗马尼亚的影片，比如《多瑙河之波》、《斯特凡大公》、《橡树，十万火急!》等等，我的父母不但全部观赏过，有的甚至还看过两遍，所以连影片中的有些台词都能一字不差地背出来。直到今天，我父亲还经常听罗马尼亚影片《沸腾的生活》中那首旋律非常优美的片头曲……

我对罗马尼亚这个国家的首次了解源于一首小提琴曲，那是罗马尼亚现代音乐奠基人奇普里安·波隆贝斯库创作的《叙事曲》，中国大陆曾放映过这位音乐家的传记片，为了来克卢日·纳波卡参会，我在电脑中观看了《奇普里安·波隆贝斯库》。客观而论，故事情节安排和拍摄水平很一般，但片中那首深情委婉、哀怨缠绵、如泣如诉的主题曲令听者动容。据说波隆贝斯库创作此曲时正身陷囹圄——因参加争取民族独立的活动，他被奥匈帝国当局逮捕入狱，1883年，波隆贝斯库在贫病交织中去世，年仅30岁。我有时很纳闷，欧洲有好多伟大的音乐家和诗人阳寿都很短，莫扎特、舒伯特、肖邦、雪莱、拜伦、裴多菲等，都在韶华之年就撒手人寰了，这真是令人伤感！

就像西方人谈哲学言必及希腊一样，中国人一说葡萄酒首先想到的是法国，再往下就是意大利、德国、澳大利亚、智利等，因为在中国大陆见到的进口葡萄酒大多数来自这些国家。实际上，罗马尼亚的葡萄酒品质一点也不亚于上述几国，它在世界最高级别的葡萄酒展出或比赛场上屡屡名列前茅。

这次学术会议期间，主办者在自助餐宴会上请我们喝一种名叫"Feteasca Regala"的葡萄酒，主人介绍说这酒是举世公认的佳酿，而且在国际市场上很鲜见，中国大陆更是凤毛麟角。

我问她这是为什么？

主人答："因为大部分被国内市场消耗掉了，所以出口就有限。"

我当即戏言:"从经济学角度上来说,品牌产品出口是一种双赢的利好举措,不应该轻易放弃。再者,一种好产品能让更多的人享用也是造福人类的表现。"

主人对我的建议赞不绝口,说是一定要向国家的外贸部门反映。

会场众生相一

这次"数字时代对媒体交互再思考"国际学术会议的承办方是特兰西瓦尼亚匈牙利大学(Sapientia Hungarian University of Transylvania),这是一所私立大学,由Sapientia基金会赞助、地方政府协调支持而建,现在是由特兰西瓦尼亚地区四个历史悠久的基督教会共同出资运作。

会议主办者是该校的电影、摄影与媒体系,系主任Ágnes Pethő教授是国际媒体交互协会的委员,这位女学者

与会期间

给人的第一印象是衣着朴素、温文尔雅，极具亲和力，我在读硕士期间就曾拜读过她发表的一些论文和专著，而她的《电影中的媒体交互：方法论的编史》一文，还为我的研究提供了相当有用的文献梳理。在开幕式晚宴上，我上前向她表示感谢，她却很谦虚地说：这篇文章发表已3年了，现在看来有些地方需要拓展和改进，我最近刚发表的《电影与媒体交互：关于中间的热情》一书中，相关的论述或许更为准确和详细，如果你愿意，可以翻阅一下。末了，Ágnes Pethő教授还希望今后能在学术上和我多交流，取长补短，我为自己能攀上这样的学术权威窃喜。

主人将接风自助晚宴安排在市中心的中央公园里，宴会大厅是一座赌场改建而成。德国的Joachim Paech教授端着一盆菜和一杯饮料坐在了我旁边，他老人家在欧美媒体

晚宴上与德国的Paech教授交谈

研究界有很高的知名度，虽然已从康茨坦兹大学退休，但依然活跃于学术圈，最令人不可思议的是，老教授有时竟然还客串出演话剧，他这样的做派，在中国大陆学界是难以想象的。

Paech教授为人和蔼可亲，有长者之风，席间我们交谈甚欢，但对某些戏剧表演形式上我和他观点相左，比如，在瓦格纳歌剧《特里斯坦与伊索尔德》舞台背景中，出现中东地区的战争场面，这种为吸引和迎合年轻观众的"艺术形式"，我就很难接受，但Paech教授却不认可我的质疑，还嘲笑我怎么比他还老古董？我搞不懂以严谨著称的德国人，艺术观念的进步竟是如此神速！

我是第一次参加国际学术会议，虽然年届而立，但在与会者中属小字辈，所以在整个会议期间，我与任何人交流时都表现出一副谦恭之态，因为我发现，各国各民族虽然在文化背景、传统习俗上有差异，但在对"礼数"的理解上大同小异。

会场众生相二

这次会议有40多个分论坛，主办方没有那么多人手操作，所以就邀请部分与会者担纲分论坛的主持。为了锻炼一下自己对学术活动的掌控能力，我在第一时间完成自己的学术演讲后，就自告奋勇请求担任"档案叙事与电影乡愁"（Archival narratives, cinematic nostalgia）分论坛的主持人，没料到，对于我这种小字辈的"冒进行为"，会议组织者竟然还连连道谢。

分论坛上大师云集，发言内容精彩纷呈，令我颇有收益，但最后一位发言者却有点煞风景。这是一个来自美国的硕士生小哥，大概是专业素养有限，或是准备不够充分，所以演讲的内容不但平庸且乏善可陈，当他说完最后一句话后全场鸦雀无声，无一人与之交流或提问。为了消除这尴尬，我只能以主持人的身份圆场

主持分论坛

子，硬扯了几句学界内关于电影的研究热点，然后端起架子建议美国小哥可以关注一下专业研究的几个方向。令我稍感意外的是，这美国小哥很谦虚，也很有趣，会议结束后，他急急地跑到我跟前，非常真诚地感谢我给他提的建议，并表示回国后一定仔细关注学界动态，以使自己在专业上有所长进。美国小哥一派向前辈请教的模样，瞬间满足了我的虚荣心。

欧美国家大学的人文学科，一般没有硬性发文章的数量和级别要求，对年轻的大学教师和研究生来说，积极融入学术圈、表现出独立、活跃的专业思考与研究，属于今后被聘用的要求之一。所以，参加国际学术会议就是大学青年教师与研究人员积累学术资本的主要途径。

我的学术演讲内容主要是韩国导演朴赞郁的电影，所以被分在"日韩媒体交互"分论坛。我发言之后，一位来自韩国的青年学者质疑我用索引的符号学定义来解释蒙太奇逻辑关系，不符合传统使用索引概念的电影学范畴。这韩国人的质疑有点尖锐，但我是有备而来，胸有成竹，当即援引法国哲学家德勒兹著作中的实例来诠释，因为我的阐述有理有据，所以向我"发难"的韩国人当即哑火。

　　真是"冤家路窄"！第二天我所主持的分论坛中，发言人之一就有那位韩国青年学者。会议规定每位发言者的时间为15分钟，结果他整整讲了半小时还没有歇息的样子，我作为主持人只好两次提醒他不要超时太多，不然会占用后面发言者的时间。但这位韩国学者却是充耳不闻，继续在犯规的道上狂奔。会后好几位专家上前来责问我何不坚

学术演讲

决制止违规者？我一时无言以对，只得用外交辞令敷衍了事。我臆测这位韩国学者是否因为不满我昨天"呛"他，所以与我结下梁子而故意为之？当然，或许是我"以小人之心度君子之腹"了。

国情认知一二

马尼亚的原住民是达契亚人，但罗马尼亚在拉丁语里的意思是"罗马人的国家"，达契亚人建立的国家在公元106年被罗马帝国征服后成了罗马帝国的一个省，但在以后的数百年间，征服者和被征服者共存共居并友好相处，由此而诞生"罗马人的国家"也就属于历史发展之必然。

因为地处"欧洲火药桶"的巴尔干半岛上，所以地缘位置决定了罗马尼亚在历次战争中都难以置身局外。第二次世界大战后，罗马尼亚隶属苏东社会主义阵营，但她不像波、匈、捷、保以及东德那样，是前苏联的铁杆兄弟，在国际事务中，罗马尼亚有时并不完全秉承苏联老大哥的旨意，以致国际社会把她视为苏东集团的另类。1989年苏东剧变后，罗马尼亚的社会体制转型，以后又加入北约和欧盟，但受历史原因的掣肘，这个国家在政治经济、社会福利等方面，发展水平仍处于欧洲的下游，而且短期内也难有大的改变。对此我有点不解，同样是苏东阵营中的波、匈、捷等国，包括脱胎于前苏联的波罗的海三国，还有前南斯拉夫的斯洛文尼亚、克罗地亚等，现在差不多都进入发达国家的行列了，这罗马尼亚怎么就举步维艰呢（但据研究苏东问题的专家说，最近这个国家在经济上有显著进步)？

　　就社会整体发展的指数来看，今天的罗马尼亚在欧洲仍属于第三等级，马克思主义认为经济基础决定上层建筑，所以，罗马尼亚教育的整体水平在欧洲也是第三等级。但尺有所短，寸有所长，在高校学术研究上，罗马尼亚还是有几个值得称道的专业。我在与当地学者的交流中得知，布加勒斯特医药大学的脑外科和泌尿外科在欧洲具有顶尖水平，而克卢日医药大学的胸外科、克卢日农牧兽医大学的葡萄酒专业在欧洲亦处高端。另外，罗马尼亚的音乐教育也成绩斐然，他们的钢琴和小提琴演奏水平在世界上声名卓著，特别值得一提的是数学学科，我到德国的那年，在新闻中看到罗马尼亚中学生参加国际奥林匹克数学竞赛排名欧洲第一。

　　但是，这些单项学科上的荣誉并不能掩盖体制内教育整体上显露的弊端。我了解到，罗马尼亚各级学校的很大一部分资源，都倾斜在少数"尖子学生"身上，这不仅从某个侧面折射了一种教育上的不公平，而且也无助于一个国家整体教育水平的提高。从理论上说，一个国家体制内的教育资源属于公共资源，全体国民具有平等的享用权，现阶段罗马尼亚国民进入体制内高等教育的途径与中国大陆相仿，也是以考试成绩为主要的入学筛选手段，这就导致了罗马尼亚年轻人中能接受高等教育的比例不高。有资料数据显示，现在罗马尼亚25到34岁的成年人中，仅有四分之一的人完成了高等教育，这个比例较中国大陆当然是高出一头，但在欧盟国家中却排名倒数第二。

罗马尼亚著名电影导演克里斯蒂安·蒙吉，曾拍过一部获得过戛纳金棕榈奖提名的影片《毕业会考》，内容是中产阶级家庭为子女升学而进行的黑暗交易，影片真实、直观地反映了罗马尼亚学生在升学压力上所显现的无奈和可怜。

跋

会议结束后，很多欧美国家的与会者结伴去布拉索夫——德拉古城堡所在地（距克卢日·纳波卡约200公里），因受滞留时日所限，我不能随同前去一睹这座名声遐迩的古堡，这让我深感遗憾。来之前我了解到，德拉古城堡原先属于罗马尼亚末代皇后玛丽·亚力山大·维多利亚，她死前传给了女儿伊莱亚娜公主，二战后罗马尼亚共产党执掌政权，德拉古城堡被新政府没收了。我在会议期间从主人口中得知，德拉古城堡现在物归原主了，因为2006年时罗马尼亚政府通过了一项法案，即将社会主义时期没收的私人产业悉数归还给了原来的业主。我问主人，城堡现在的情况如何？她说没去过，所以不知情，只听说古堡已成了当地一个最出名的地标景点，每年至少有十万以上游客光顾。

玛丽·亚历山大·维多利亚的一生有很多故事，上海第22届国际电影节上放映过她的传记片《罗马尼亚末代王后》，影片中对玛丽王后多有褒誉，这不足为奇，评价历史人物和事件，立场和角度不同，结论也不同。就像德拉古伯爵，大多数国家的人都觉得这是一个嗜血恶魔，但罗马尼亚人却认为他是民族英雄。

回到美因茨后，我去学校财务部门报销差旅费，主管老师得知我就住在斯托克曾居住过的旅店时，一脸钦羡之色（西欧国家的人很喜欢去东欧旅行，而且我还是公费出差），她用不无羡慕的口吻与我打趣道："你这次去特兰西瓦尼亚有没有遇到吸血鬼德古拉呀？"我答曰："英国的查尔斯王子每年去那儿好几次，而且每次都在崇山峻岭中逛了那么长时间，也没碰到德古拉，我只去了三天，怎么可能有此幸运呢？"

陆止于此 海始于斯
——我在欧洲参加的国际学术会议（中）

前　　言

我在芬兰约恩苏大学做交换生时，班上的一位葡萄牙同学对我说，如果你以后有机会去我们国家，一定要去看一下罗卡角。

我问为什么？

他用有点夸张的口吻说："因为那是欧洲的最西端呀！"

我揶揄道："欧洲的最西端有什么重要意义呢？世界五大洲，哪个洲没有最西端，或是最东端？"

他连连摆着手说："不不不，你不能这样来理解，罗卡角是有意义的！"

我追问他有什么意义。

罗卡角

葡萄牙同学用手比划着绘声绘色说道："因为那里海边一块大岩石上刻着我们葡萄牙最伟大诗人卡蒙斯的一句诗：Onde a terra acaba e o mar começa（陆止于此，海始于斯），所以你站在那儿的海岸上，思想上就会产生一种飞跃时空的感受。"

很遗憾，我既不懂葡萄牙语又没听说过卡蒙斯，所以对他的建议也就没放在心上。

随着时间的推移和阅历的增长，我不但有了去罗卡角的愿望，而且还日趋迫切，因为我看到有网民竟然把罗卡角评为全球最值得去的50个景点之一（依据什么无从知晓），还有就是我同学口中那位"最伟大诗人"卡蒙斯，在葡萄牙的地位就像我们中国的屈原！这令我有点不胜惊讶。

没料想机会竟然如愿而至，2014年2月，我接到了来自里斯本大学的邀请……

波尔图

一

这次国际学术会议的主办者是里斯本大学哲学系，但我和同行朋友乘坐的航班降落地是葡萄牙的榜眼城市波尔图，做出这样的选择，一是出于经济上的考虑（机票便宜），二是想一睹"酒市"的风采（早有耳闻）。

葡萄牙的波尔图和法国的波尔多，是世界上最著名的两大葡萄酒产地，但"葡波"和"法波"虽然在汉语中读

波特酒

音相近，可在法语和葡语中却相差较大。我们中国人说到葡萄酒，都奉法国波尔多的产品为翘楚，但在欧美国家，波尔图的名声并不亚于波尔多，因为"酒市"这个称谓，本身就彰显了她在世界葡萄酒家族中的独特地位。波尔图产一种高酒精度的葡萄酒——波特酒，虽然现在全世界有好几个国家产波特酒，但被允许使用"PORTO"专有名称权的，唯有葡萄牙杜罗河流域的产品，所以即便是法国，每年也从波尔图进口大量的波特酒。

我和同伴沿着杜罗河漫步，河岸两旁举目皆是酒窖和"酒船"，酒窖能随便进入，还可以向主人要求品尝；"酒船"是作运输用的小木船，即把作坊里酿的酒送到厂家去灌装。听酒庄的主人介绍，世界上大多数葡萄酒的酒精度一般在11到13度之间，但波特酒的酒精度在18度至22度之间，缘由出自一个有趣的历史故事——300多年前，英法交恶，波尔多断绝了对英国人的葡萄酒供应。在欧美国家，葡萄酒和面包差不多具有同等价值，无奈之下，英国只得另辟进口渠道。经过一番寻觅，终于在波尔图发现了在品质上能与波尔多媲美的佳酿，英国就向葡萄牙提出了货物贸易的请求，即以英国高质量的纺织品换取葡萄牙高品质的葡萄酒，葡萄牙王室欣然接受。但当时的科技水平低下，保温设施水平与今天不可同日而语，所以运往英国的葡萄酒在途中往往会产生质变，商人和水手病急乱投医，就往酒桶里掺加白兰地，因为白兰地能抑制酒的发酵，高酒精度葡萄酒由此而诞生。当地的酒坊主人告诉我们，波特酒比一般葡萄酒更适于存放，如果温度控制到

杜罗河畔停泊着的"酒船"

位，可以存放数十年。

曾有人赞美说：一瓶浓烈的波特酒就是煽情药，几天之后还使人热血沸腾。我在波尔图喝过一次波特酒，因不在行，所以感觉不出人们所夸赞的浓郁和醇厚。据说现在国内还很少有波特酒，我觉得有点遗憾。

二

欧洲国家有很多城市的建城史要早于建国史，波尔图也是其中之一。西方史记载，葡萄牙是1143年从西班牙的襁褓中脱胎而出后，才成为一个真正的独立王国；但波尔图的历史要远比葡萄牙长，她早在公元5世纪就已经成市了。所以，我选择空降波尔图，除了想领略一番"酒都"的风采外，还有就是想去缅怀一下开启大航海时代的伟人——唐·阿方索·恩利克王子。妇孺皆知，近代史上第一个可称之为海上强国的是葡萄牙，而葡萄牙之所以能在大洋上纵横驰骋近一个世纪，离不开恩利克王子举世无双的贡献。

当然，恩利克王子本人并没有参加过超长距离的海洋航行，但那个年代葡萄牙所有的远航活动几乎都是王子一人操持的。迄今为止，从没人质疑恩利克王子开创了大航海时代，因为，如果没有恩利克王子所做的各种探索和实践行为——创办航海学院；资助里斯本大学开设航海、天文、几何、地理等学科；网罗各国的数学家、天文学家、地理学家、地图绘制学家等搜集用于航海的文献资料；资助手工艺人改进和制作新的航海仪器，如从中国传入的指

杜罗河沿岸风光

南针、象限仪、横标仪等，葡萄牙是断然没有可能成为海上强国的！更令人钦佩的是恩利克王子不顾非议，顶住压力吸收了犹太人、摩尔人、加泰罗尼亚人、几内亚人加入他的航海事业团队，这样任人唯贤的博大胸怀，在当时还处于种族敌视的年代是极其难能可贵的。所以，葡萄牙之所以能诞生达·伽马、麦哲伦、迪亚士等一批彪炳千秋的航海家，主要还是得益于恩利克王子为他们指引了航向。

三

今天，海权对一个国家的重要性已是妇孺皆知。

回眸历史就会发现，我们汉民族对海洋的认识与欧洲人差异甚大，因为上苍赐予中国辽阔且富饶的土地，所以我们眷恋土地的观念根深蒂固。哥伦布与郑和的远航处于同一时代，因目的不同，结果也就相异——前者是去探险，是去攫取财富，所以会"发现新大陆"；后者则是去布施，去扬天朝之富，所以结果是"浅尝辄止"（就地理学角度而言）。客观而论，由于截然不同的思维和行为方式，以至东西方同时代的两次远航在历史上的影响和意义也差别甚大，全世界所有中小学的地理课本都有"哥伦布发现新大陆"的内容，但"郑和下西洋"的记载，大概只出现在我们中国中小学的教科书上。放眼当今世界，我们就会发现，沿海国家也许未必发达，但最发达的国家一定是沿海国家。

波尔图旧城区有一个恩利克王子广场，广场上有一座王子的塑像，波尔图人不仅为出产享誉世界的"波特酒"而感到荣光，更为城市诞生万古流芳的伟人而自豪！

里斯本

一

意大利人说：朝至那不勒斯，夕死足矣！

葡萄牙人回敬一句：没到过里斯本，等于没见过美景！

我在欧洲求学期间，发现欧洲的很多城市都以惊世骇俗的言辞来夸耀自己的城市，这当然无可厚非，因为热爱家乡也是人之常情。我就很喜欢上海，尽管她还有许多不尽人意之处。

里斯本成为葡萄牙首都还不到1000年，相比雅典、罗

绿荫环伺的城市

马等城市，里斯本作为一国之都的历史不能与之比肩。而且今天我们见到的里斯本，严格地说只有250年的历史——因为1755年，这座欧洲当时的第四大城市（前三位分别是罗马、巴黎、伦敦）遭受毁灭性的重创，一场大地震和海啸以及地震引起的火灾几乎摧毁了整座城市。文献记载当时里斯本有27万居民，而死于地震、海啸和火灾的人数高达10万人！大劫难后的城市建筑物仅存十之一二，更令人惋惜的还有很多弥足珍贵的历史文献也毁于地震后的火灾，其中包括达·伽玛的航海记录，突然降临的大灾难，使葡萄牙这个殖民大帝国一夜之间衰落了。

但祸福相倚，大地震造成的大伤害促成了现代地震学的诞生，欧洲各国的学者们开始名正言顺地、不受干扰地研究地震了。而在这之前，基督教是不允许研究地震的，因为他们认为地震是天谴，是神的旨意，而渺小的人类是不能抗拒天谴和神的旨意的。由此可见，很多原本看来很正常、很正确、甚至是不可怀疑和不可触动的信条，随着社会的进步是完全有可能被抛弃的。

260年过去了，历史的风霜雨雪不但洗涤了里斯本的地震创伤，也渐渐抹去了人们心中的恐怖记忆。现在的里斯本宛如一个由园艺师精心培育的大花园，城市道路两旁种满了松柏、棕榈等各种树木，举目皆是大块绿色茵茵的草坪，站在高处眺望城市，红色的屋顶掩映在翠色丛中，色彩反差强烈，极具视觉冲击力。"没到过里斯本，等于没见过美景"，这话由不得你不信！

二

里斯本最富盛名的几个旅游地标景点大都在茹特河边，航海纪念碑、杰罗尼莫斯修道院、贝伦塔、四月二十五号大桥、海洋水族馆等。就像任何一个到里斯本观光的游客一样，我首先光顾的当然也是航海纪念碑。

为纪念恩利克王子逝世500周年而建的航海纪念碑，现在是葡萄牙的国家象征，正面的碑文上有一行字：献给恩利克和发现海上之路的英雄。我觉得这个赞誉实至名归，这条石船上的80个人领受这份荣誉当之无愧！在长达一个世纪的时间里，这些不畏艰险、搏击风浪的航海勇士登上了亚速尔群岛，登上了佛得角，登上了非洲和美洲的海岸……，所以，从更广泛的历史意义上来说，葡萄牙那些航海先驱们的行为，可以被理解为是人类认识自然的重要一步！

我在纪念碑下那幅南非赠送的地图上找到了澳门。

史书上记载葡萄牙航海家到达远东是在1514年，但有正式的民间和官方的交流则是在3年之后，当时葡萄牙商人（一说是官员）费尔南·佩雷兹·德·安德拉德到达广州并与明王朝接触，这应该是葡中交往的开始。葡萄牙人正式开始在澳门居住则稍晚，大约是在16世纪的中期，但我觉得考证葡萄牙人什么时候在澳门居住不是很重要，真正重要的是葡萄牙和清政府在1887年3月26日草签的《中葡里斯本草约》和当年12月1日签订的《中葡和好通商条约》，这两个文件才具有划时代的意义，因为这是欧洲国家在东亚的第一块殖民领地（从1553年算起）。

航海纪念碑

　　我国在1999年收回了澳门主权，但早在1974年葡萄牙"丁香革命"成功后，新政府就承认澳门是被葡萄牙非法侵占的，并提出要归还澳门，只是因周恩来总理以现在不具备适当的交接条件为由，建议暂时维持澳门现状才作罢。葡萄牙人占据澳门长达400多年，对中国产生的负面影响毋庸置疑，但从一个宽泛的历史角度去审视，葡萄牙人的横向切入，也促成了中西方文化、经济和科技的交流，比如数学、火器、地理测绘、西方历法等就是首先通过澳门传入中国的。

　　解读历史，客观是第一要素。

三

航海纪念碑和四月二十五号大桥只一箭之遥。

我在文史知识上甚是孤陋寡闻，初始听到这桥的名字还以为是大桥竣工通行的日期，后来才知道这是为了纪念1974年的"丁香革命"而重新命名的。大桥原名萨拉查，在欧洲，萨拉查的名字是与法西斯独裁划等号的，因为安东尼奥·德·奥维利拉·萨拉查从二十世纪三十年代初开始，统治葡萄牙时间长达40余年，期间他建立秘密警察制度，用恶劣手段镇压反对派，在当时的欧洲可谓声名狼藉。但滑稽的是，几年前葡萄牙一家电视台评选"最伟大的葡萄牙人"，萨拉查竟然高居榜首；更不可思议的是，就在这之前，有媒体刚举办过"最糟糕的葡萄牙人"评选，萨拉查同样名列第一！真是令人啼笑皆非，我把这样的趣事归结于"葡式黑色幽默"！

四月二十五号大桥

四

邀请我参加国际学术会的里斯本大学历史悠久，创立已700多年了，她是欧洲，也是世界上最古老之一的大学，虽然在辈分上不及博洛尼亚、牛津等，但和巴黎、剑桥、萨拉曼卡等是同辈。里斯本大学在葡萄牙当然是名符其实的第一高等学府，可在世界大学排名中却徘徊在200名左右，但该校的地理、矿物工程、土木工程、艺术设计、体育等专业均位于全球百强之列。

现在全世界各种杂七杂八的机构搞的大学排名鱼龙混杂、利益交换层出不穷，所以很多排名连参考价值也没有，更谈不上能代表一所大学的实际学术水平。有一回我在牛津大学参加国际学术研讨会，期间与一位来自哈佛大学的教授闲聊，我半是恭维半是戏言地说："贵校多次排名世界第一，以后有机会我争取到贵校来做博士后研究。"这位教授连连摇头道："你不用来做博士后研究，你可以直接申请来当老师了"。我问为什么？他答道："确切地说，哈佛应该是某些专业排名第一，但哈佛有很多专业不但在世界上籍籍无名，即便在本国也难以称雄。比如这次学术会议的内容，主导还是欧洲的大学。"

实际上，伊比利亚半岛上的两所具有代表性的大学，西班牙的萨拉曼卡大学和葡萄牙的里斯本大学，无论是在学术研究、还是在教学水平、抑或是在学校规模上，整体实力一点也不亚于中国大陆的任何一所高校。

五

　　我在里斯本大学参会三天,发现有几位学者茶余饭后的话题,都涉及到里斯本城市本身,从他们口中得知,近年来,葡萄牙被世界上好多媒体评为"世界最佳旅游目的地",还有杂志褒称葡萄牙已进入最适宜退休养老的国家之列。我不太了解真实情况,所以不敢妄议,但有一点是肯定的,媒体的评论和宣扬,为葡萄牙,为里斯本赢得了巨大的社会和经济发展机遇,世界上很多富豪,包括中国的,前往葡萄牙投资。美国好几个演艺界的大腕,"黑寡妇"斯嘉丽、大明星麦当娜等已在里斯本置业。从目前的行情看,里斯本和波尔图等业已成为投资移民的热土。

贝伦塔

坊间都说葡萄牙吸引各国富豪、名人前来置业，主要是因为这个国家有三大优势：一、自然气候宜人；二、旅游资源丰富；三、低税收和黄金签证（我觉得这一条对中国富豪最具吸引力）。相比北欧、西欧那些高税收国家，葡萄牙的税收属于是很低的，而且这个国家还没有遗产税、赠与税和财产税等（我去时还没有，现在是否有不知）。2012年，葡萄牙还推出了"黄金签证"，即你在这个国家购置一套价值50万欧元的房产，就可以获得葡萄牙的长期居留许可，这样你不但可以在申根区自由穿行，还可以申请葡萄牙国籍和欧盟护照。我查阅的资料显示，自推出黄金签证后短短8年间，葡萄牙已发放8000多份黄金签证，其中中国大陆占据一半出头，达4500份以上，即便以最低的50万欧元算，那也有近23亿欧元的真金白银流进了葡萄牙。尽管中国大陆国民对这个国家有如此大的贡献，我的葡萄牙同学竟然还对我不无抱怨地说："里斯本的房价最近两年涨了近百分之二十，主要是被中国人炒上去的。"我听了火气爆棚，朝他猛喷道："给你们国家送了几十亿欧元，你还不乐意？脑子进水了？"他一下憋了，半晌才幽幽地回了一句："可我个人是买不起房子了。"

据悉现在葡萄牙的移民政策有了重大改变，黄金签证还有，但设置了地区限制，购房投资地区被迁移到内陆城市以及位于大西洋上的亚速尔和马德拉群岛等地，里斯本和波尔图等被"封城"了。

罗卡角

一

直到今天，我还是没搞懂罗卡角为什么是"全球最值得去的50个景点之一"？

如果是风光，全世界像罗卡角这样的海岸起码有100处以上，我们中国大陆也有；如果是地理位置，我早就说过，五大洲中的任何一个洲都有最西端或最东端，想来想去，大概也就是因为卡蒙斯的"陆止于此，海始于斯"了。

今天，旅游业已成为世界近半数以上的国家和地区的支柱产业，而一个国家的旅游业发展水平的高低，旅游资

罗卡角一隅

源的多寡是不可或缺的关键点。按业内人士的说法，常规意义上的旅游资源主要是三方面：一、自然风光；二、风土人情；三、人文历史，现代社会的发展，使人们越来越懂得人文历史对旅游业可持续发展的重要性了。罗密欧和朱丽叶的故事被莎士比亚放了在了维罗纳，世界各地游客就蜂拥而往；马赛的伊夫堡因为小说《基督山伯爵》，就此成为一个历史和文学爱好者趋之若鹜的地方；我到了葡萄牙还得知，自从伊恩·费莱明塑造了一个"007"之后，离罗卡角约十几公里的卡斯卡伊斯引来了数以万计的"邦德"粉丝。所以，我个人觉得罗卡角被网民评为"全球最值得去的50个地方之一"，主要还是铭刻在大石块上的"陆止于此，海始于斯"！

文化，对一个民族的重要性在旅游上即可见一斑！

二

在某种角度上，卡蒙斯在葡萄牙的地位之高，超出了我们中国人的想象，我的葡萄牙同学对我说，他在葡萄牙被尊为国父。我开始怎么也不敢相信，这也太夸张了，不是开国元勋、政坛伟人等才享有这样的殊荣吗？我像大多数中国人一样，脑袋里自小被嵌入了有关"国父"称号的标准定义，所以很难想象一个诗人——即便他是葡萄牙的屈原，竟然可以被尊为"国父"？但三天以后当我离开里斯本时，我心里对卡蒙斯再也不敢有丝毫的不敬了，因为里斯本大学的同道友人说到卡蒙斯时，那种肃然起敬的神态，那种极尽赞美的言辞，比我那葡萄牙同学有过之而无不及！

用我们中国人的传统道德标准去衡量，卡蒙斯的个人修为不仅不值得称道，严格地说，他年轻时行为上的不检点，在我们中国是要被归类于问题青年的（曾用小刀刺伤一位法官而尝了一年的铁窗风味）。但有时个人的素养和才华是不成正比的，卡蒙斯在"诗和远方"上的光芒，没有因为他生活上的放荡不羁而被掩盖，他的代表作，史诗《路济塔尼亚人之歌》在葡萄牙具有《荷马史诗》一样的地位。最让中国人津津乐道的是卡蒙斯与中国的缘分，他在澳门生活的两年中，爱上了一个中国姑娘，和东方女性的缠绵大大激发了诗人的灵感，《路济塔尼亚人之歌》和很多十四行爱情诗都是这个时间段的作品。但当卡蒙斯携手他的中国情人回葡萄牙途中，船在湄公河失事，他大难不死，她却撇他而去……

卡蒙斯生命的最后几年是在穷困中度过的，身边也只有一个从澳门带来的仆人陪伴着他，而失去爱人的悲痛，也陪伴了他的后半生（澳门的卡蒙斯公园和民政总

罗卡角碑文

署大楼内有卡蒙斯的半身塑像）。

从个人的乡土情感出发，我非常欣赏卡蒙斯怀念他中国情人的那几句诗：

海浪呀，我遭受着爱情的折磨，

请把我的爱人还我，

你这么早夺去了她的生命，

而把我丢下……

但我这儿不是要削减罗卡角在旅游上的价值，尽管是"全球最值得去的50个地方之一"，尽管褒扬它的言辞一箩筐，可我臆度"再回首"者肯定不多，为什么？只可意会，难以言传。

会议速记

这次学术会议的名称是《电影与哲学——通过实践思考电影》，主办者还特地来函请我做专题发言，这让我心里纠结了好几天。

哲学和经济学，是介于理科和文科中间带的学科，所以这两门学科需要逻辑思维和形象思维并存，我知道欧洲历史上有多位哲学家本身就是自然科学家，而我所学的影视专业，几乎就是单一的形象思维，即便是因专业要求而触及的一点哲学知识，也仅为皮毛，现在要我做专题发言，我的心虚就不是一点点了。正巧在去里斯本之前我先到柏林参加国际电影节，我与我的硕士导师Trond Lundemo以及学术圈里的同行相聚，他们激励我说，这对你应该是一个逼你再学习的机会，现在你就开始加紧做这方面的功课，争取把学到的知识运用到你的发言中去。事后证明，导师和同道们的激励使我获益匪浅。

第一天，一位来自美国犹他大学的教授首先发言，题目为《电影中日常不可见的景观》，这不但"言不对题"，从学术角度上来说，还有点对这种级别的学术会议的不敬。这位教授的"开场白"更是令人晕菜，他说，我想给在座各位先欣赏一下日常生活中看不到的景象。接着他开始展示几部美国影片中的片段，并一再重复，这就是我们日常生活中看不到的景象。我实在搞不懂他这是演的哪一出？与会者中终于有人忍不住了，其中一位西班牙的哲学教授大声问："你能否解释一下这'看不到的景象'和哲学的关系，或者能否与哪位哲学家的思想联系起来?"没料到这位山姆大叔竟然回道"I don't know"！接着他又杂乱无章，不着边际地东拉西扯了一通，却始终没有点题。我扫了一眼会场，发现教授学者们的脸色都阴沉着，但我的心里却有点窃喜，因为有这位大叔垫着，我至少不会被在场的学者们斥为不学无术的混场子角色了。

实际上，我私下猜想这位美国教授未必是"克莱登大学"毕业的，因为我去过美国，了解那儿的高等教育状况，虽然良莠并存，鱼龙混杂，但犹他大学在美国绝对是一线大学，而他能被聘为这所学校的教授，肯定是有过硬的学术能力的，只是这次会议的主题不是他的专业。我了解学术圈里有这样一种现象，有的学者参加的国际学术会议，不一定是他们的本专业，但也报名了，当他被要求做专题发言时，就随便拟个题目，临时抱佛脚，这样的场面我见过多次。我臆测这位山姆大叔多半是这样一个角色，或许他以为只要看过电影和知道一些哲学常识，就能上得了厅堂，但他失策了，在这样一种横跨两个专业的学术会议上发言，即便是学有所成者，也是需要认真对付的。

欧洲的高等教育和美国有一个不同点，即很少有"克莱登大学"。

《围城》里的方鸿渐在欧洲游学，学业无成，为了给家人一个交代，就买了一个"美国克莱登大学"的博士学位文凭。《围城》中这样的描写，实际上是体现了钱钟书先生对欧洲和美国高等教育的稔知。当今世界一流的大学，美国占了很大比例，但美国的高等教育有一个滥觞，就是至今仍存在不少《围城》中所说的"克莱登大学"。这种落差在今天的欧洲就很少见，不要说北欧和西欧，就是刚经历过社会动荡的东欧和巴尔干地区也很少见。欧洲国家的大

波尔图杜罗河畔留影

学，建校史低于百年的很少，大多数都已历经几个世纪，所以学校的声誉是他们赖以生存的生命线，那种利益输送、变相买卖文凭的勾当少之又少，特别是我曾求学过的芬兰、瑞典、德国等，是绝对不会容忍"克莱登"现象存在的。

会议的执行主席是一位金发美女，不仅是哲学博士，而且还是戏剧和影视导演，她曾发表过关于前苏联著名导演塔可夫斯基电影中哲学思想的研究专著，真正称得上是才貌双全的佳人。我原以为她是葡萄牙人，一交谈，没想到是德国人，我瞬间感到了一种亲近感，话也多了起来……

后　记

葡萄牙的自然地理环境很好，海岸线长达800多公里，气候温暖，降水量充沛，自然条件远胜于北欧和西欧。但葡萄牙的经济发展指数却和她优越的地理环境完全不成正比，她的人均GDP仅23000美元出头，不但与西欧北欧国家相差一大截，甚至还低于刚从前南分离出来的斯洛文尼亚，这和她曾经是海上第一强国的历史不相称。

欧美有些人认为葡萄牙落伍有三个原因：首先是她在大航海时代虽然曾一度称雄，但在后来的蒸汽机、电气化等新技术浪潮中落了下风；其次是葡萄牙像西班牙一样，把发现新大陆攫取的财富不是用于发展科技、发展工商业，而是无节制地挥霍，这样就导致了缺乏可持续发展的储备能力；最后，也是最重要的一点，就是在相当长的一个历史时期内，葡萄牙的政治环境滞后，1974年"丁香革命"前的独裁政权成了社会、经济和文化发展的羁绊。

我个人觉得还有一个原因，就是在大工业来临前，自然地理条件太好有时会培育人的惰性，这是农耕时代所特有的现象。在地中海温暖的阳光下，葡萄牙土地上的农作物和经济作物生长，要远胜于自然环境恶劣的国家，这就使这块土地上的人们缺少了发展生产技术的动力。为什么北欧国家一直屹立在世界创新国家的最前列，很重要的一点就是因为自然地理条件的欠缺，迫使这个地区的人在生产技术的创新上全力以赴。我这想法有没有世界性的普遍意义不得而知，但在欧洲具有一定的客观现实依据。

当然，葡萄牙的落伍只是相对于一流的发达国家而言，她的人均GDP23000美元在欧洲排中游，但在世界范围内还是处于中上水平的，而且超过中国大陆整整一倍多。

尽管葡萄牙的经济发展指数不太理想，但我对这个国家很有好感，原因也有三：首先，葡萄牙是世界第一个废除奴隶制的国家，所以她没有种族歧视，国民的包容性强，我见到的葡萄牙人脸上都充满着善意的微笑；其次，葡萄牙是世界上首批废除死刑的国家，她早在1867年就正式废除死刑了。葡萄牙的国民自认有信仰，所以自觉遵纪守法，不做损人利己的事；最后，在2017年欧盟公布的问卷调查中，葡萄牙的安全度名列前茅，由此可见她的社会稳定性很好。

我还知晓了一个很有趣的事：葡萄牙共产党和中国共产党是同年诞生的，都是1921年，她现在拥有近6万名党员，是这个国家的第三大党，仅次于社会民主党和社会党，在葡萄牙议会和欧洲议会中都占有席位。

牛津断叙

——我在欧洲参加的国际学术会议（下）

序

在我的欧洲旅行计划中，有三个国家是必去的：首先是希腊，因为迄今为止，欧洲有文字记载的哲学、艺术、科技、文学等皆始于古希腊；其次是意大利，众所周知，这块文艺复兴的发祥地，曾涌现了一大批引领时代的伟人和大师，他们在思想、科学和艺术上对人类文明所做的贡献可谓彪炳千秋；最后是英国，客观而论，现代社会物质文明的进步应归功于英国，珍妮纺纱机、蒸汽机、火车、机床、以及直到今天还在被广泛使用的抽水马桶，无不是英国工业革命的成果。西方有些社会学家甚至认为，托夫勒所谓的"第三次浪潮"，应该是英国工业革命的延续。

我的一位老师曾说，如果把欧洲史做一个简单划分，那么希腊是前天，意大利是昨天，英国则是今天。

很幸运，我就是按"前天、昨天、今天"的时间顺序走访了这三个国家——去希腊和意大利是纯粹旅行，但去英国则是参加"第三届跨学科国际学术研讨会"，时间是2014年9月7日，这个日子有历史意义，二战时，纳粹德国对英伦三岛持续的大轰炸就是从这一天开始的，而我却要在这一天从法兰克福飞往伦敦，这是否属于是一种时间上的机缘巧合？

一

我走出伦敦机场大厅，便直奔泰特现代艺术馆，这是我来之前就预谋好的。

80后鉴赏艺术的品位，侧重现代居多，我有好几位中外同学和朋友与我趣味相同，所以，以收藏20世纪艺术作品为主的泰特现代美术馆，是我喜欢的一个菜。我发现这个美术馆的展品陈列方式很有趣，它不是按年代编排方式摆布艺术品，而是把展品以内容为分为四个类别：一、历史—记忆—社会；二、裸体人像—行动—身体；三、风景—材料—环境；四、静物—实物—真实的生活，这个别出心裁的构思在艺术类博物馆中可谓独具一格。

泰特美术馆收藏有毕加索、马蒂斯、达利的珍品，20世纪最具代表性的三位艺术大师齐聚一堂，是吸引众多爱好者蜂拥前往的主要诱因。三位大师中我比较熟悉的是达利，尽管对超现实主义的风格有点朦胧，但这丝毫不影响我对他的崇仰之情。另外，达利的多才也令我敬佩不已，他的天分不仅仅体现在画布上，在雕塑、建筑、摄影、戏剧、电影、文学上都有所涉及。达利曾参与制作了两部超现实主义的电影《一条安达鲁狗》和《黄金时代》，最奇葩的是，他不但是《一条安达鲁狗》的编剧，还担纲影片中的重要角色，如此跨界行为在我们这样的保守国度里简直是闻所未闻。达利还写小说，写诗，写自传，他病重住院时，西班牙国王亲自前去探望，病床上的达利把自己的一本诗集赠与国王。

2011 年，我和父母在安道尔旅行，看到安道尔城的市中心有一座雕塑，是一个硕大的鞋底钟，我觉得作品在构思上很有特点，就和母亲站在一旁留影。一个路过的行人停下来对我们说："这是安道尔城的地标，是我们达利的作品！"

他把重音放在了"我们达利"上。

二

到了伦敦，不去拜访大英博物馆，那就会被人讥为没到过英国；而进了大英博物馆，不去朝觐一下中国馆，或被人斥之为数典忘祖。

我在上高中时，历史老师说大英博物馆内馆藏着难以计数的中国文物，光是敦煌文物就有1.3万多件。虽然有心理准备，但当我走进中国馆时，还是被眼前的一切所震惊——我从来没见过如此精美绝伦、如此罕见珍贵、如此门类齐全的中华瑰宝！这些国宝犹如一部内容浩瀚的史

大英博物馆

书，书写着璀璨无比的华夏文明，从远古时期的陶器、玉器到商周时代的青铜器、从魏晋南北朝的石佛经卷到唐宋书画、再到精美绝伦的明清瓷器，这些无价之宝，无不展现着我们祖先非凡的艺术想象力和创造力！

我的自豪感爆棚！

在中国馆内，我还知晓了《女史箴图》的两则故事：一、1860年，英法联军入侵北京，英军大尉基勇在混乱中获得《女史箴图》，后被大英博物馆以25镑之价收藏。因此物太过珍贵，所以一年仅对外展出两月；二、二战期间，驻缅英军被日军围困，幸得中国远征军解救而脱险，英政府为致谢，表示愿意归还《女史箴图》，或赠潜艇一艘，请国民政府任选其一，鉴于时局所需，国民政府选择了后者。

我咨询收藏界专业人士后得知，《女史箴图》是当今存世最早的中国绢画，在中国美术史上具有里程碑的意义，原作已失传，现存世仅两幅摹本，一是大英博物馆收藏的这幅唐代摹本，二是收藏于北京故宫博物院的宋人临摹的纸本，其笔意色彩均

大英博物馆内价值连城的中国瓷器

逊色于唐代摹本。

大英博物馆（包括法国卢浮宫博物馆、俄罗斯斯艾尔米塔什博物馆、美国大都会博物馆）内的中华文物不胜枚举，我所学过的历史都说这是帝国主义列强进行文化掠夺的见证，可我的一位英国朋友辩解说，文化掠夺当然是必须承认的，但从事物的某个侧面看，这事在客观上也起到了一个保护作用，因为艺术遗产是人类文明进步的见证，所以也可视为是全人类的共同财富。文物保管和保养都是要花费巨资的，像东方馆内的文物，每年的保养费估计要数亿英镑，光一个中国馆大概就需千万英镑以上。

尽管我心里对他的话很不以为然，可一时找不到反诘之辞，以致我心里郁闷了好几天。

三

从伦敦到牛津约80千米，和上海到苏州差不多，如果你在伦敦市中心，乘火车前往属于较为方便的选择，但票价不菲，30.3磅。我从法兰克福飞到伦敦的机票价是60欧元，这还是因为受会议时间所限而忍痛出手的，便宜时一半价都不到。我不明白英国的火车票价格为什么超级贵？这似乎有损"铁路和火车故乡"的面子。

从一个宽泛的角度上来说，人类至今还在享受着英国工业革命的恩泽，铁路运输就是其中之一。可以这么说，自乔治·斯蒂芬森研制出了世界第一辆蒸汽机车开始，人类陆路交通史上最伟大的革命，就颠覆了人们传统的出行方式。令人不可思议的是，推动这次交通革命的领导者乔治·斯蒂芬森，当他会写自己的名字时已经18岁了，一个青少年时期还是文盲，日后竟能成为世界上最伟大之一的发明家，如此离奇的故事也只有那个时代才会发生。这使我想起了毛泽东他老人家的话：读书是学习，使用也是学习，而且是更重要的学习。乔治·斯蒂芬森的故事或许是这段话一个很好的注解。在课堂上学理论，这是第一步，理论和实践相结合是第二步，如果只停留在第一步，那就几近是清谈无作为。

我从伦敦坐火车去牛津，选择在帕丁顿站上车，这是因为受影片《帕丁顿熊》的影响，很多来伦敦的游客，包括我，都是受了这只"熊"的引诱，我一直认为《帕丁顿熊》堪称城市广告宣传的经典之作。实际上，帕丁顿车站早在1838年就开始运营了，而且还是伦敦第一个接通地铁的火车站，伦敦的城市管理者之所以要向全世界推介"帕丁顿"，因为它是英国铁路发展的见证者。

四

"第三届跨学科国际学术研讨会"的会场设在牛津大学的曼斯菲尔德学院，据我所知，在牛津的38个学院中，无论是历史还是名声抑或是业绩，曼斯菲尔德学院都处于中偏下层级。

因为在教旨诠释或教义认识上的见解相异，所以世界上基督教教派纷繁复杂，一国之内亦山头林立，无论是国家政策还是民众生活皆受其掣肘，在一个较长的历史时期内，国民教育亦深受其累。牛津大学有6个学院，或称之为永久私人学堂（Permanent Private Hall），就是由不同的基督教教派创办的，曼斯菲尔德即属此类，学院前身是1838年成立于伯明翰的春山学院，当时建校的宗旨是为不信奉英国国教的基督徒提供教育，但因是另类，所以春山学院初创时没有颁发学位证书的资格。

曼斯菲尔德学院留影

　　我查阅曼斯菲尔德的院史得知，学校跻身牛津应归功于英国最伟大之一的首相威廉·格莱斯顿。为了实行国民教育改革，为了体现"有教无类"，威廉首相鼓励牛津大学设一个点，让那些不是圣公会圈子里的国民也能享受"体制内教育"，就这样，春山学院于1886年乔迁至牛津，而学院更名则是为了纪念资助人伊丽莎白·曼斯菲尔德。但学院成为永久私人学堂已迟至20世纪中叶，而获得正式学院地位则更晚（1995年），现在曼斯菲尔德学院的毕业生，手中持的也是牛津大学的学位证书。

　　欧美的大学，神学学科始终占据着极为重要的地位，特别是那些历史悠久的学校，一般都有神学院系，而且很多大学对非神学专业的学生也进行宗教测试，这是基督教的强势地位所决定的。当然，现在这个行规基本上是出局了。

古时候，不管是欧洲还是中国，享受教育是贵族的专利，这样的国情，东西方倒是如出一辙。

五

"你想了解美国，先要了解英国"，这是我在欧美留学期间经常听到的一句话。

因受年龄启蒙教育的安排，我对英国的第一印象来自《雾都孤儿》、《简爱》、《大卫.科普菲尔》等影片，第二印象来自《呼啸山庄》、《名利场》等小说，第三印象才是《哈姆雷特》、《奥赛罗》等莎士比亚的剧作，至于英国在人类社会制度设计上震古烁今的就，我知之甚少，而弄清楚不列颠、盎格鲁撒克逊、英格兰圣公会、苏格兰长老会等这些名词的内涵，还是在来曼斯菲尔德参会前补课后才达标的。

但我早在小学三年级时就知道英国牛津大学了。

有一次我们家族除夕团聚吃年夜饭，席间长辈们谈起世界上的大学，我父亲这一代基本上都认为美国的哈佛、耶鲁、麻省理工等是业内翘楚，但我祖父说他们这辈人，都为能去英法德等国留学而自豪的。我问爷爷这是为什么？他对我说："因为那里有当时世界上最好的大学呀，比如英国的牛津大学……"我打断爷爷的话："那我以后就去

会议期间工作午餐场景留影

英国牛津大学读书好了。"他老人家半是戏言半是打趣道:
"你不会是去上牛皮大学吧?"

没料到18年后,我真的来到了牛津大学,可惜不是以
学生的身份,而是以学者的资格来参加国际学术会议,虽
说两者相异,但终究是在牛津大学上了三天的"课"!但也
正是在这三天时间里,我理解了我爷爷说的"为能去英法
德等国留学而自豪的"涵义,因为在二战前,70%以上的诺
贝尔奖获得者,都是欧洲国家的学人,而其中牛津大学占
了不小的份额。

三十年河东三十年河西,现在的情势正好倒过来了,
二战后诺贝尔奖的70%为美国所获得,有的得奖者即便不

是美国人，但也是在美国的大学里搞科研，比如2019 年化学奖得主斯坦利·惠廷厄姆，虽然是英国人，而且还是牛津大学毕业的博士，但他现在是纽约州立大学宾汉姆顿分校的化学教授。

经济基础决定上层建筑，这是马克思主义的基本原理。由此可见一个国家的经济发展水平对科学研究所起的重要作用，而科学技术水平提高了，又反过来促进经济的发展，这就是我们常说的双赢。

六

在世界大学建校史的排位上，牛津名列榜眼，仅晚于博洛尼亚大学（1088 年）。曼斯菲尔德学院的老师告诉我，实际上牛津具体建于哪一年已无从考证，但在学校的档案记载上，牛津最早的教学时间是1096年，所以，现在一般就把这一年视作是牛津大学的诞辰年份。

现在中国大陆的全日制大学，几乎都是高墙围着的深宅大院，门口也是禁卫森严，而欧美的大学正好相反，我到过的芬兰、美国、瑞典、葡萄牙、罗马尼亚等国的大学，都没有围墙，更没有宏伟壮观的校门，所以走在校区里，感觉就是走在一个城市里，牛津大学就是如此。但如果说牛津大学没有围墙也不完全准确，因为她下属的学院大都有高大结实的围墙，而且很多学院像中国大陆的高校一样，闲人不得入内，能进的基本上都要买门票。

"你想了解美国，先要了解英国"，这话后面还有一句，"你要了解英国，先要了解古希腊"。1920年前，牛津大学的学生都要学习古希腊的历史文化知识，这有点像我们中国全日制大学的学生必须上公共政治课一样。牛津大学的校规，再次验证了古希腊文明在西方文化中的"龙头地位"。2016年，爱尔兰人露易丝·理查德森出任牛津大学校长，这是该校自创办以来首位女校长，但同样是在1920年前，女性却连获得牛津大学学位的资格也没有，如果那时谁提议让女性坐校长大位，那或是在冒天下之大不韪了！

所以，体现在教育上的男尊女卑，东西方异曲同工。

七

学术会议开了整整三天，每天内容都排得满满的，没空闲时间让人"一识牛津真面目"，我本来很想探访一下尊崇已久的三一学院或默顿学院，但会议安排如此紧凑，我就难以遂愿了，这令人心里不免有点落寞。在这种级别的会议程序安排上，中国大陆就显得有决决大国风范，不但让与会者吃好喝好睡好，甚至还会安排玩好，这个我早在出国前就有切身体验了，但在欧美国家不行，他们在会议上安排上有点不近人情。

主人的待客之道使我没闲暇时间去打量一番这所世界著名学府，但我打道回府前还是忙里偷闲去瞄了一眼"叹息桥"。

世界上有很多座叹息桥，但为大陆中国人所稔知的是威尼斯的那一座，而牛津的叹息桥知名度稍低，因为从桥

牛津叹息桥

的历史和故事创意上来看，牛津远不能和威尼斯争锋，但
这并不妨碍它成为牛津的一个地标景点。牛津和剑桥两所
学校都有叹息桥，他们的故事来源也相仿，相异是在建造
时间和形式上——牛津的叹息桥建于1914年，剑桥的那座
则比牛津要早83年；牛津的叹息桥下是街道，而剑桥的那
座桥下是河流。

　　我曾看到媒体报道说，现在很多中国大陆的游客一到
剑桥，就嚷嚷着要去看徐志摩诗中的康桥，还有人把叹息
桥硬性指代为康桥，这属于贻笑大方，因为，剑桥大学的
剑河上有很多座桥，诗人笔下的康桥是一种泛指，但就像
人们造访威尼斯必去叹息桥一样，凡去牛津和剑桥的游客
也多半会去一睹叹息桥，因为，它们毕竟是世界著名学府
中具有象征意义的一处景点。

出门旅行，特别是到欧洲旅行，最好先花时间把功课做好，否则真的是要出洋相的。

八

900多年来，无论是在自然科学还是在社会科学领域内，牛津大学诞生了数以百计的泰斗级大师，约翰·洛克、珀西·比希·雪莱、奥斯卡·王尔德、史提芬·霍金等，这些巨子对人类文明所起的进步作用万古流芳！

但就学术成果和影响而论，我个人认为，20世纪牛津大学第一人非安德鲁·怀尔斯莫属！

我们都知道世界上有三大数学猜想，费马猜想、四色定理猜想、哥德巴赫猜想，现在唯一被攻破的就是费马猜想，或曰费马大定理。1637年，法国数学家皮耶·德·费马在阅读古希腊数学家丢番图的著作《算术》时，曾在书中某页写道：将一个立方数分成两个立方数之和，或一个四次幂分成两个四次幂之和，或者一般地将一个高于二次的幂分成两个同次幂之和，这是不可能的。

为了证明这个"不可能"，三个多世纪以来，世界上无数最聪明的头脑，一代又一代前赴后继，殚精竭虑，但都没能登顶。1993年6月，牛津大学教授，20世纪最伟大的数学家（没有之一）安德鲁·怀尔斯在剑桥大学做学术报告时宣称：我完成了对费马大定理的证明！1995年，他的数学论文，也是历史上被核查得最彻底、最严格的稿件在《数学年刊》上正式发表。这一"使数学发生了革命性变化"的成果（安德鲁·怀尔斯的导师约翰·科茨语），我们中国大陆95%以上的民众都不知道，因为在物欲横流的社会里，"用7年时间专门攻克一个世界难题，如今已很少有人耐得住这种寂寞了"（北京大学数学研究所所长丁伟岳语）。前牛津大学校长安德鲁·汉密尔顿认为大学精神的核心有两点：一是在每件事上对卓越的追求；二是自由而公开的辩论。安德鲁·怀尔斯之所以成为"20世纪最伟大的数学家"，就是因为他践行了"对卓越追求"的大学精神。

德国有个名叫雅斯贝尔斯的教育家曾说过一段褒扬大学的颂辞，他说"大学是研究和传播科学的殿堂，是教育新人成长的世界，是个体间富有生命的交往，是学术勃发的领地。"我不知道今天中国大陆的大学校长们能否理解雅斯贝尔斯的颂辞？

2005年，安德鲁·怀尔斯曾莅临北京大学数学研究所。

在会议上发言

九

自上个世纪初开始，有不少华人和华裔进入牛津大学学习，期间也涌现了几位佼佼者，但迄今为止在中国大陆名声最大的莫过于钱钟书，当年他以平均分第一名的成绩考取中英庚款公费留学生，多年来一直被传为佳话。

但是，在时代历史的背面，却始终矗立着另一个巨大的身影——杨益宪。

我在会议期间得知，现在牛津大学深造的中国学生，包括访问学者共有800多人，但在上个世纪30年代，牛津大学每年只接受一名亚裔学生，杨益宪就是当年唯一的亚洲学生。坊间流传一则趣闻：牛津的考官听说杨益宪学习希腊文和拉丁文只有5个月，就认定杨能通过考试纯属侥幸，所以为了谨慎起见，校方坚持要求杨益宪推迟一年入学。但后来杨益宪所显示的才华终于让骄傲的主人所折服，因为他把《离骚》按英国18世纪英雄双行体的格式译了出来，如此语言天赋，有几人能出其右者？直到今天，杨益宪的译作还保存在欧洲很多大学的图书馆里。

杨益宪的趣谈有一箩筐，其中两则令人惊奇：

一、1953年，杨宪益作为政协特邀委员，和一群科学家、艺术家一起去拜会国家领导人，周恩来向毛泽东介绍杨益宪说："这位翻译家，已经把《离骚》译成了英文。"毛与杨握手时问："你觉得《离骚》能够翻译吗？"杨直言道："所有的文学作品都是应该可以翻译的吧？"

二、杨益宪一直固执地认为，《离骚》的真正作者不是屈原，而是汉代的淮南王刘安。遗憾的是，这样石破天惊的评说源于什么典籍，或出自对哪些古籍的研究，杨先生没有留下完整的答案。

当今国内翻译界授予杨益宪戴乃迭夫妇"译界泰斗"的桂冠，但这种迟到的荣誉和公正，除了令人"一声叹息"外，别的还有什么意义呢？杨益宪离世已十个寒暑了，那个美丽优雅，把毕生所学献给了中国文化的戴乃迭撒手西去也已经二十载春秋了，现在我们只能到《离骚》、《红楼梦》、《儒林外史》等一长串中国古典名著的英译本中，去寻觅他们夫妇惊天地、泣鬼神的爱情故事……

杨益宪毕业于牛津大学的默顿学院，是当今天下第一数学奇才安德鲁•怀尔斯的学长，默顿学院是牛津大学最古老、最富有、也是学术实力最强的学院之一。

十

牛津有一位叫道奇森的名人，不要说中国人，很多西方人都不知道他是哪路神仙，但如果说到《爱丽丝漫游仙境》，那就妇孺皆知了，道奇森就是小说作者，不过他写这篇小说时用了一个笔名：刘易斯•卡罗尔。

最有趣的是，道奇森不是文科生，他是牛津基督学院的一位数学老师。今天，道奇森在数学上的造诣无人知晓，但他的《爱丽丝漫游仙境》却是"飞入寻常百姓家"了，而且小说的问世纯属偶然——为了取悦院长的小女儿，道奇森给她讲了几个故事，小姑娘被迷住了，缠着他不放，道奇森突发奇想把故事写成了小说。无意插柳柳成荫，名著就此诞生！《爱丽丝漫游仙境》出版后，一时洛阳纸贵，连维多利亚女王也托人转告作者，希望能得到新著。据说没多少时日女王收到了道奇森寄来的新书，但不是小说，而是一本名为《行列式——计算数值的简易方法》的数学专著。

我在安徽黟县古民居看到这样一幅楹联：读书好经商好效好就好，创业难守成难知难不难。同理，一个社会具备了相应的文明程度，那么就无所谓学文好还是学理好，学好就好；而一个社会愚昧落后野蛮，那么无论学文、学理、学医、学工，都无所谓好坏，本质上就是为"主上所戏弄"（司马迁语）。当年德国法西斯主义猖獗时，一些学术和科学大师如海德格尔、海森堡、平德尔等，都曾宣誓效忠或服务于纳粹，这就是最直观的历史明证。

100多年前，严复对孙中山说："当今国民其民品之劣、民智之卑、民风之腐，实乃亘古未有之。即有改革，害之除于甲而见于乙，泯于丙将发于丁矣。"

孙中山："即如此，依先生之见该如何？"

严复："为今之计，惟急从教育着手，庶几逐渐更新才是。"

孙中山扼严复之腕："俟河之清，人寿几何？君为思想家，鄙人乃执行家也。"（严璩《侯官严先生家谱》）

很遗憾，孙中山先生的很多理想抱负都因为人寿有限而没能得以付诸实施，包括上述那个"执行家"的愿望。

教育救国是一个喊了100多年的口号，就像科学家喊

伦敦街头随拍

科学救国，企业家喊实业救国，还有人喊文化救国一样，各个行业都自认是振兴国家民族的领军人物，但不管哪一个更有效，有一点是可以肯定的，即在一个还有几千万文盲和半文盲的国度里，科学再发达、实业再红火、文化再先进，或是GDP再翻一番，仍不会被人视作是发达或先进国家的。比如，意大利的人均GDP和人均收入远不能与阿联酋相比，但世界上从没人会说意大利是落后国家，阿联酋是先进国家。这就是严复为什么要说"惟急从教育着手"的原因之所在！

我

行

故我在

下

风情万种——巴勒莫和瓦莱塔

西西里和马耳他之间有什么瓜葛？从地缘政治的角度上来说一点关系也没有，虽然两岛都位于地中海上，但它们风马牛不相及，西西里属于意大利，马耳他则是一个独立主权国家。

我之所以在此"拉郎配"，那是因为我从西西里首府巴勒莫飞到马耳他首都瓦莱塔，机票价仅20欧元，按当年（2016年）的比值算，折合人民币140元不到，在我的旅行记录中，这是我乘坐过的最便宜之一的国际航班，所以我就自然而然地把它们生拉硬扯到一块去了。

巴勒莫

我最早"认识"西西里岛源自美国影片

《巴顿将军》——1943年7月10日，巴顿和蒙哥马利率领16万英美大军在西西里岛登陆，给德意法西斯"柔软的下腹部一记重重的右勾拳"。历史学家认为，盟军在西西里岛登陆对二战的进程产生两大作用：一是直接影响了苏德战场，因为希特勒把第一装甲师从库尔斯克会战前线调往意大利，是造成德军在此次坦克会战中不能取胜的重要原因之一；二是导致了意大利法西斯政权的垮台，因为盟军在7月10日发起对西西里的攻击，仅仅过了两个星期，墨索里尼即出局了，用意大利新政府的首相彼得罗·巴多格里奥话来说：法西斯主义就像烂熟的梨子一样掉落了。

我非常清晰地记得影片中巴顿与蒙哥马利会师时，两人相互攻讦的幽默场景……

巴勒莫大教堂

意大利有句话：如果你不到西西里，等于没到过意大利。这当然是西西里人的自诩，但如果你不到巴勒莫，那你肯定等于没到过西西里。

作为西西里岛的首府，巴勒莫所承载的文化记忆源远流长，在它开埠2800年的历史中，历经了腓尼基、古罗马、拜占庭、阿拉伯人、诺曼人、神圣罗马帝国、西班牙、那不勒斯、西西里、意大利10个时代，而每一次改朝换代，巴勒莫就要承袭不同宗教、不同文化、不同民俗的洗礼，城市因此被烙上了各个时代的印记。但丁曾称赞巴勒莫是"世界上最美的回教城市"，因为在一个相当长的历史时期中，阿拉伯人曾是西西里的统治者，所以巴勒莫留下了不少伊斯兰风格的遗迹，现存最具特色的要算吉沙皇宫，这是一片纯粹的阿拉伯式建筑，现在皇宫的二楼和三楼是博物馆，专门展出阿拉伯文物。

巴勒莫实在是太古老了，所以城市中"有损形象"的残垣断壁随处可见，我在欧洲生活了几年，所以知晓他们在城市建设方面的价值观，欧洲人虽然也注重表面的光鲜亮丽，但没有"面子工程"一说，具有人文价值的古迹，即便再破再烂也是不允许随意触碰的，这一点在整个欧洲是共识。长官意志、领导批准、决策层商定这些东西在那儿都不管用，毁坏历史遗迹就是犯罪，都要去尝铁窗风味，这一点任何人都不能例外。

巴勒莫市区很大，两条最主要的大街，罗马街和马克达街南北平行，有点像上海的南京路和淮海路。虽然经历了多个朝代，但城市建筑主要还是诺曼、拜占庭和伊斯兰三种风格，因年代久远，所以那些古建筑都已略显破旧，可不管哪一个时代的留存，都与街市广场、公园绿地和谐地融为一体，丝毫没有突兀之感，如此巧妙与合理的城市规划，让我从心里发出由衷的赞叹。

说到西西里岛，很多中国人一定会想到黑手党，以及他们令人不寒而栗的杀戮行为，我想这多半是被《教父》和《美国往事》等影片洗脑了，实际上在西西里人心目中，"柯里昂"们似乎并没有像影片中那么可怖，"需要提到的重要一点是，黑手党并不是一帮土匪，一个普通旅客在西西里将会和在西欧任何地方一样安全"（《西西里史——从希腊人到黑手党》约翰•朱利叶斯•诺里奇著）。黑手党，在意大利的名称是"Mafia"（音译为"玛菲亚"），

马西莫剧院是欧洲第三大歌剧院

Mafia这个词与黑手党没有任何关系，因为传说中的黑手党人作案后习惯在现场留下一些印记，如一只黑手，交叉的骷髅什么的，所以中国人就把它译成黑手党，不过我觉得这个译名比它的意大利原名更形象。

我们借宿的民宿主人对我说，早年这里的男人如果参加黑手党没什么丢人的，因为，那时的黑手党有点类似佐罗、罗宾汉之类的侠盗，他们聚众结帮的主要目的是"打土豪、分钱财"，一般情况下是不会扰民的，道理很简单，穷苦百姓那儿能榨出多少油水呢？

我觉得民宿主人的话具有相对的可信性。

从历史上看，黑手党缘起是贫苦农民为求生存和自保而结成的一个秘密帮会组织，这类帮会组织到了一定层面和规模，不大可能再和底层民众计较，因为恃强凌弱，会被道上人士看不起，也无颜混迹于江湖。当然，也许有一两个小喽啰作恶，敲诈百姓弄点小钱花花什么的，但这样的行为被上级老大知道了是要受罚的。黑手党PK的主要对象是政府官僚，金融大亨、行业

我们借住的民宿在这条很幽静街上

民宿主人说这是"黑手党人"经常聚会的一家餐馆

掌门等，绑不到肥羊，不要说奢华享乐，连穷日子也没得过，所以，他们不大会去干那种街头小混混的勾当，这一点，在《西西里史——从希腊人到黑手党》一书中有比较详尽的解说。

民宿主人为了满足我们的好奇心，就指引我们去附近的一家餐馆，说那老板就是黑手党人，而且当地的黑手党经常在里面聚集开会或"过组织生活"（意大利人有幽默的传统，所以也有可能是民宿主人戏弄我们外乡人），但不管他说的是真还是假，我们决定前往一探。

餐馆在一条小街上，我们到那儿时间尚早，所以还没营业，但正在忙碌的店员倒是很客气，不仅让我们进门四处随便走动，还主动帮我们在餐馆门口合影。我猜想是因为这餐馆位置比较偏，平时很少有亚洲人，特别是中国人的光顾，所以这些店员（或是黑手党人）对远方来客也就更热情一些。但我们没有和店员聊"黑手党"的话题，因为这太唐突了，西西里人再热情也会不以为然的。

西西里岛海滨的阳光生猛，晒在皮肤上有一种灼烫感，我在巴勒莫没看到一个"白人"，男女老少的肤色都是黝黑或古铜色，不管是当地居民还是旅游者，大家都喜欢去巴勒莫湾嬉水，那儿的海水不但湛蓝而且清澈，连水下的沙子都清晰可见，难怪大文豪歌德盛赞巴勒莫湾是"世界上最优美的海岬"。

瓦莱塔

从巴勒莫到瓦莱塔的航班上座无虚席，但亚洲人只有我们一家人，这让那些欧美人感到有点新鲜，特别是孩子，都用好奇的目光注视着我们。我想他们平时大概很少见到黄皮肤的人，这就像多年前我们也很少见到白种人或黑种人一样。

社会进步的一大标志，就是空间的无限缩小，使得人与人之间交流的频率既多又快。

马耳他别名"欧洲的心脏"或"欧洲的乡村"，虽然整个岛面积还不到上海浦东新区的三分之一，但旅游业却超级发达。旅游咨询中心的资料上介绍，马耳他岛上有各类星级旅馆135家，其中五星级酒店就有6家，每年仅欧洲各地赴马耳他的游客总数就有约170万人次以上，旅游收入是马耳他的主要外汇来源。

马耳他政府大厦

　　因为具有得天独厚的区位优势和气候条件，所以世界政要名流到马耳他度假的不少，英国伊丽莎白女王与菲利普亲王成婚的最初2年，就在马耳他居住，两人结婚60周年纪念时，又选择马耳他作为二次蜜月之地；其他如美国影星安吉丽娜·朱莉夫妇，英国球星贝克汉姆夫妇等欧美名人对马耳他也情有独钟，都数次前往度假。马耳他还是公认的"地中海好莱坞"，《慕尼黑》，《角斗士》，《特洛伊》，《大力水手》，《达·芬奇密码》，《末日之战》以及《权力的游戏》等知名度较高的影视剧都在马耳他取景。

　　马耳他早在5000年前就有大规模的人类活动，坐落在戈佐岛的那座巨石庙据说比埃及的金字塔还古老，但马耳他的首都瓦莱塔却只有500多年的历史，她的"出世"主要是因为一个人——1565年，土耳其人入侵马耳他，守岛的法国大公让·德拉·瓦莱塔率领圣约翰骑士团以及岛上的居民奋起反击，这是欧洲历史上著名的"马耳他之围战役"，最后土耳其侵略者被击退。翌年，为了加强海岛的防御，让·德拉·瓦莱塔率领全岛军民在希伯拉斯山上修筑了一座城池作要塞，马耳他人为表示对他的敬仰，一致赞成以瓦莱塔命名这座城池。

瓦莱塔虽贵为一国之都，却只有一万多人口，还比不上中国的一个小镇，但瓦莱塔因文化底蕴深厚而享誉全球。在这个城市的街头巷尾，随处可见精湛的巴洛克和维多利亚风格的建筑，城市的角落里散布着不少各个年代的历史古迹，喷泉、壁龛、雕像等，虽然它们静默无声，但

最高法院

戈佐岛上的房屋中介门店

都仿佛在叙说着一个个遥远年代的故事。著名的古建筑大院，曾是马耳他抵抗外来侵略的城堡，后来大院的一部分被用作总统官邸，另一部分则被辟为公园，骑士团首领宫（现为马耳他总统府）和圣约翰大教堂是瓦莱塔的地标，它们是典型的文艺复兴晚期建筑。据说瓦莱塔的国家图书馆里收藏有自1107年到1798年间的圣约翰骑士团档案，其中有教皇的正式敕令、有英国享利八世和法国路易十四签署的文件原本，这些都是有极高历史价值的稀世珍品。

我在瓦莱塔和戈佐岛上看到好几家房屋中介，这令我很奇怪。因为需求量有限，再加上人的观念相异，所以欧洲各国的商品房市场和中国大陆相比有着天壤之别，城市里一般很少见到房屋买卖中介的门面，但瓦莱塔，特别是戈佐岛的房地产市场却是蛮红火的，我在一条街上一连看到三四家房屋买卖中介的门店。瓦莱塔和戈佐岛的房价，用我们上海的水平来衡量，那是很低的，因为一套全装修的海景房，两房两厅两卫80平方米，98000欧元，折合人民币80万不到，这点钱，在上海市中心大概只能买个小厨房或卫生间。

我们在瓦莱塔借住的民宿，主人叫戴维，长得很帅，42岁（这个年龄在欧美国家属于是小伙子），他出生在马耳他，2岁时跟着父母移居澳大利亚，大学毕业后在微软工作，因为曾是马耳他人，所以被派回出生地开拓业务。戴维还是个业余大提琴手，我们在他家住了三天，每天傍晚他都就着咖啡吃几块饼干当晚饭，然后背上大提琴，骑着自行车，急匆匆地去参加乐队的排练。

戴维对我说，像他这样能接待游客的民宿，在他居住的小区里有一半以上。

姆迪娜古城和蓝窗

马耳他有两大景点是一定要去的，一是姆迪娜古城，二是戈佐岛的蓝窗。根据戴维的建议，我们先去了姆迪娜古城。

这是我见到的保护最完善的古城，里面不仅还有不少居民，而且还准许汽车进入（当然仅限于本地居民），但我认为此举不妥，因为从古城保护的角度考虑，让汽车进入是不可取的。但戴维却解释说，这是居住权的一部分，不

129

姆迪娜古城城门口

能被剥夺的!

史料上记载,早在公元前8世纪,就有腓尼基人在马耳他定居,姆迪娜作为首府的历史一直延续了2300多年,直到16世纪圣约翰骑士团出于防务的需要才将首府迁到瓦莱塔。《圣经》上说,公元60年,圣保罗由耶路撒冷前往罗马,途经马耳他岛时,船遇风浪沉没,圣保罗上岛避难,当时的罗马总督普布利乌斯接纳了圣保罗。在滞留马耳他的这段时间里,圣保罗治好了总督父亲的热病和痢疾,这一功劳竟然让马耳他全体岛民信奉了基督教,而普布利乌斯还成了马耳他的首位主教。公元870年,阿拉伯人攻陷马耳他,之后陆陆续续有穆斯林来此居住,姆迪纳的名字即始于此,因为在阿拉伯语中,姆迪娜是小城或小

古城"穿心巷"

镇的意思。

戈佐岛的蓝窗堪称鬼斧神工般的杰作，是大自然恩赐给人类的天下奇观。我们乘坐的游览车上有中文讲解，说是因长期受海潮的侵蚀，所以专家预测100年后蓝窗也许没有了，但就在我们参观后不到一年，蓝窗突然崩塌后坠入大海，消失了。

真是天有不测风云！

马耳他是一个非常安全的国家，根据欧盟统计，这个国家的居民只有万分之三的暴力犯罪记录。以前，马耳他的居民出门和停车基本不上锁，因为他们国家的社会福利保障，使国民没有必要去当梁上君子。但世风日下，据说现在瓦莱塔也出现了窃贼，只是这些窃贼不是马耳他本地所产，都是外来人口。

马耳他政府鼓励移民，我去时这个国家刚颁布了最新版本的永久居留申请条例：申请者只需投资25万欧元购买马耳他国债（该投资5年后返还），即可一步到位获得马耳他永久居留权。因为申请条件简便，这项移民计划受到全球，包括中国大陆国民的关注。持马耳他永久居留证者可自由出入申根国，也可以享受医疗、教育、经商方面的福利待遇。

蓝窗

　　我的这一趟旅行尽管是暑期旺季，但旅费却很便宜，从德国法兰克福飞到西西里的巴勒莫，机票价是23欧元，巴勒莫飞到马耳他是20欧元，从马耳他飞到德国科隆再转乘火车回到美因茨，总共50欧元，一个圈子转下来，全部路费仅93欧元。只是马耳他的住宿价格稍贵，住民宿，一晚最少也要100欧元以上，而在巴勒莫住的民宿仅52欧元一晚。但不管怎么说，对喜欢在欧洲自由行的驴友来说，选择这条线路，性价比还是很高的。

蓝色文明随想曲

　　如果从历史的纵深去审视，我认为支撑当今西方价值观的理论基础一是古希腊文明，二是基督教。所以，要缕清西方文明的发展轨迹，首先要解读古希腊文明。

　　汤因比认为，在6000年的人类历史上曾经有过21个成熟的文明。当今国际社会公认，只有古希腊是蓝色海洋文明的唯一代表。迄今为止的人类社会发展史证明，即便濒临海洋，即便拥有较长的海岸线，即便创造出相对成熟的海洋文化，也并不一定能孕育出海洋文明。古代四大文明古国，巴比伦、埃及、印度、中国都具备了相应的地理条件，但都因囿于封闭型的大河文明，没有或缺乏海洋文明的开放性特征，所以社会文明的进程就显得步履蹒跚。由此可见，要真正了解今天的西方社会，不深入研习古希腊文明则是难以想象的，而研习古希腊文明，除了必不可少的阅读，最好有机会能身临其境去感受一番。

所以，去希腊旅行是我的夙愿。

雅　典

从历史地理的角度上来定义，古希腊更多地应该是一个地区的称谓。因为，今天欧洲的东南部，地中海的东北部，包括希腊半岛、爱琴海和爱奥尼亚海上的群岛、以及土耳其西南沿岸、意大利西部和西西里岛东部都属于古希腊地区。所以严格而论，今天的希腊共和国和古希腊并不完全等同，

宪法广场

但无论是古希腊还是今天的希腊共和国，雅典一直是这个地区的政治、经济和文化中心。

以前曾有人斥"谈哲学言必称希腊"是数典忘祖，而且在一段时间里还把这话作贬义语用，今日看来未必如此，因为，古希腊哲学在欧洲社会发展史上的标杆地位是不以人的意志所能转移或摒弃的，所以，我一踏上希腊的土地，首先去拜谒"雅典学院"。

今天位于Panepistimiou路上的雅典学院是希腊国家科学院，和柏拉图在公元前385年创办的雅典学院没有传承关系。雅典学院在世曾长达近千年，但自从被查士丁尼大帝强行关闭后，雅典学院就已经不存在了。世人对这所古代最伟大学校所有的美好想象，全部来自拉斐尔为梵蒂

新希腊古典主义三部曲——希腊国家科学院

冈创作的绝世名画《雅典学院》，在这幅巨制中，拉斐尔把古希腊50多位最著名的哲学家、思想家和科学家齐聚一堂——柏拉图、亚里士多德、苏格拉底、毕达哥拉斯、欧几里得、第欧根尼……，以此讴歌人类对智慧和真理的探索和追求。据说拉斐尔创作此画时只有26岁，这令我既惊诧又钦羡，不仅是他的绘画艺术天分，还有他在人文素养方面的造诣。

现在的雅典学院与雅典大学、国家图书馆并肩而立，是希腊"新古典主义三部曲"建筑群，为了表示对先贤的崇尚，苏格拉底和柏拉图两座雕像矗立在雅典学院大门前广场的两侧。从社会进步的角度来说，古希腊三贤——苏格拉底、柏拉图、亚里士多德对人类文明的贡献堪称彪炳千秋，尤其是柏拉图，他老人家不仅创建了雅典学院，而且制定的两条"办学方针"——开放性的研讨学风和以数学为主要研究对象，奠定了西方，乃至全世界进行科学研究的基础。

柏拉图在雅典学院门楣上镌刻的警句：不习几何者不得入内！这对今天急功近利的商业社会来说不能理解，因为在古希腊，几何学既不是理科课程，也不是文科课程，它更多的是属于政治范畴内的一门德育课，同时被认为是培养个人逻辑思维的必修课。窃思古代中国之所以没有出现像雅典学院那样伟大的学校，并非我们的先贤在思维和智力上的水准不够，而是没有像柏拉图那样制定正确的"办学方针"，从稷下学宫一直到今天的高等学府，两千多年来无以计数的教育家把功夫都用到了"学而优则仕"上，而把对真理的探求逼仄到一个角落里。

　　不管是雅典学院还是雅典大学，都不能进去"一睹芳容"，雅典大学的那位门卫很有礼貌地对我说，抱歉，这儿只有名人来演讲或毕业典礼时才向公众开放，平时谢绝进入参观，尽管你们是远方来客，但我也不能违反规定。

　　这令我有点扫兴！

　　我们一家在雅典的第一天旅行，可谓是喜忧参半——8月14日深夜我抵达雅典，8月15日是天主教和东正教的圣母安息日，这在欧美国家是个公共假日，所以雅典的大部分社会商业服务都歇业，我们转了几条街，也找不到一家吃饭的餐馆，后来总算看到一家冰淇淋铺子还开着，所以就用这玩意来充饥了。

　　失之东隅，收之桑榆，因为是公共假日，所以雅典的景

柏拉图

苏格拉底

点全部免费开放，卫城12欧元，宙斯神庙2欧元等都免了，这可是个大红包！

旅途琐记

我们走出雅典机场已是晚上九点半，再乘地铁赶到市区，七拐八转摸到借宿旅馆附近已是子夜了。

我们拖着行李箱，在幽静昏暗的小街上寻找网上预订的那家私人旅馆。因为小街没有路牌，再加上手机信号不好（当时普通私人用的手机还没有导航和微信），所以我们来回走了两趟也没找到那家旅店。焦急中突然听到后面有人喊了一声："嗨，中国人，你们在找什么？"我回头一看，是个衣着邋遢的"不良中年黑人"，正倚在电线杆子上喝着罐装啤酒。我们开始不敢搭茬，后来觉得没什么不安全因素，我就大着胆子问了一句："你知道某某街吗？"黑人转身用手一指反方向说："就是你们刚才走过来的左面那条横街，往回走大约一百米就到了。"我见他蛮友好的，就上前一步问道："你怎么知道我们是中国人？"黑人回答道："现在到我们这儿来旅游的亚洲人，中国人最多，所以我猜想你们是中国人。"我连声道谢，他微笑着向我们摇了摇手。

我父亲边走边说："原以为希腊前段时间因债务问题在骚乱，所以社会治安不太好，现在看来是有点杯弓蛇影了。"我母亲接口道："我只是没料到一个中年黑人竟能说这么好的英语。"

旅游，是希腊第一支柱产业，占GDP10%以上，据说每年有3000万左右的人造访希腊，环境造就人，所以普通百姓一般都知道塑造良好的旅游环境，对国家经济建设的重要性。在雅典，很多市民会说几句英语的日常用语，至少能回答游客的问路什么的，而服务性行业的从业者，英语的水平就更高一些，我们借宿的那家私人旅店老板，用英语和我交流几乎没什么障碍。

我觉得这也从某个侧面反映了雅典旅游环境建设的水平。

雅典卫城

"卫城"源于欧洲，但并非专指雅典卫城，古希腊城邦国家都建有卫城，只是因为雅典卫城是一种历史象征，所以就有了指代意义。我有时臆想，欧洲国家在中世纪时建有很

雅典卫城

卫城一隅

多城堡，是否属于古希腊城邦国家卫城的延伸？但不管历史事实究竟如何，有一点是可以肯定的，即在冷兵器时代，卫城和城堡的防御功能都是最有效的。

谈哲学言必称希腊遭非议，可是说卫城必提雅典则没有异议，因为雅典卫城不仅是希腊的地标，更是古希腊文明的代名词，它对西方国家城市所产生的垂范作用绵延至今。雅典卫城不大，总共只有4平方公里，但地势险峻，东、南、北三面都是悬崖，要登顶只有西面一条路，就像我们常说的"自古华山一条道"。雅典卫城虽险要如此，但不是固若金汤，因为在公元前五世纪的希波战争中，它被波斯军队攻破，而且还遭到彻底毁坏，战后雅典人花了几十年的时间才恢复了原貌。尽管重建的雅典卫城都是大理石建筑，但也终究敌不过千年风霜雨雪的侵袭，所以对它的修葺一直没有停过，我们去时正逢帕特农神庙在大规模维修，四周搭满了脚手架，不允许游客靠近，人们只能在远处一睹它的尊容。

按西方主流史学的记载，雅典卫城建于公元前580年，但那时的古希腊并不是一个国家，它既没有任何确凿可信的年代记载，也没有非神话传说的成文史，有关卫城和神庙的说法都源自近代西方史家的主观推测，所以在这一点上学界争议较大。比如孟德斯鸠认为，2500年前的雅典是一个仅有2万人的小城，从哪里获得如此巨大的人力、物力和财力建这么一个大工程？另外，他说他不明白雅典城中的2万居民要这么多规模宏大的剧场和音乐厅做什么用？2万人有那么多的文化娱乐活动吗？

圣哲的质疑有道理，由不得你不信。

但我的一位希腊同学曾非常愤慨地反驳孟德斯鸠的言论，他认为孟德斯鸠的历史课不及格，因为雅典是古希腊的盟主，全盛时期的城市面积约有1600平方千米，人口25万，绝不是孟氏所说的2万人；其次，希波战争后，雅典城邦进行了大规模的重建，元老院、剧场、俱乐部、画廊、旅馆、商场、船埠和体育场等公共建筑物都是那个时期的杰作，而在所有的建设成果中，最杰出的就是卫城。

"这一切是有确凿史料记载的！"我的希腊同学斩钉截铁地说道。

孰是孰非？我一时也没了方向。

迈锡尼卫城

我对迈锡尼文明的点滴了解，来自欧洲古典文学中埃斯库罗斯的悲剧《俄瑞斯忒斯》，里面弒女、弒夫、弒母的故事令我很惊怵，也很难接受。

按历史年表，迈锡尼卫城的资格比雅典卫城老多了，早在公元前1200年，迈锡尼卫城就已问世，当时的雅典还只是一个小镇，这足以说明迈锡尼文明曾经有过的辉煌。但是很遗憾，因为与特洛伊进行了长达10年的战争，迈锡尼元气大伤并由此而坠入衰败，等到被多利亚人灭亡，迈锡尼竟倒退到没有城市、没有商业、甚至没有文字的原始状态，史

迈锡尼卫城一角

称这一段历史为"黑暗时代"。不过迈锡尼的文明并没有被历史尘埃所湮灭，当卫城的神秘面纱被撩开后，《荷马史诗》中的一些传说被认定是真实存在的历史。

但长达一个多世纪挖掘出来的迈锡尼文明遗址却留下了诸多不解之谜，其中最著名的是遗址入口处的"狮子门"，那是一对重约20吨的巨石双狮（据说这是欧洲使用狮子作为皇室象征的始祖）。我也很纳闷，在阿基米德还没发明杠杆原理前，那两块重达20吨的大石头是如何被放到门顶端上去的呢？而且迈锡尼卫城建城用的石块大小相当，四周却无裁切痕迹，建造方法类似埃及金字塔，这即便用今天的机械切割亦非易事。所以有考古学家戏言，如果不是"外星人的协助"，迈锡尼人很难成就此等伟业。

狮子门

我在迈锡尼卫城遗址博物馆里看到举世闻名的"阿伽门农金色面具"，据我所知，此物现收藏于雅典国立考古博物馆的迈锡尼室，是镇馆之宝，现在这具是仿制品还是在搞巡回展览（这似乎不大可能）？我还知道，虽冠名"阿伽门农金色面具"，但经考证鉴定，这面具的历史比阿伽门农要早500年左右。

我们到迈锡尼文明遗址探幽的行程有点艰辛，先从雅典乘长途巴士，在伯罗奔尼撒半岛的乡间道路上爬行老半天，下车后到遗址景点还要步行很长一段路，更要命的是，整个迈锡尼文明遗址暴露在一片光秃秃的山里，树荫很少，南欧的夏天，气温要比北欧、西欧高多了，我们一圈转下来大汗淋漓……

迈锡尼文明遗址门票每张4欧元，因为酷暑，所以前往参观的游客寥寥无

迈锡尼博物馆中的金色面具

几。我在买票时，那个售票员小姐说，今天太热，所以来景区参观的没几个人，中国人就你们一家三口。

科林斯运河

去迈锡尼文明遗址的路上要经过科林斯运河，我以前听说过这条"世界上最没用的运河"，但专程前往一睹不仅劳神还需伤财，所以现在能顺道捎上是令人愉快的。在希腊乘坐公交巴士虽然慢，但也有好处，就是可以随便上下车。

科林斯运河被冠以"最没用"主要是指商贸上，因为它24米宽的河面，不能通航大船，这就使它的货运价值大大地下降了。但我觉得下"最没用"定义的人属于只见树木不见森林，因为从每年约有一万多条游轮通过的情况来

看，科林斯运河在旅游上的价值不容小觑。再者，这条仅6300米长的运河历史意义非凡，从古罗马皇帝尼禄挖的第一铲土算起，到1893年正式通航，整个工程长达近2000年（实际启动和建造是1881年—1893年）。可以肯定，随着社会的进步和时间的推移，科林斯运河在文化旅游上的价值将会得到更多拓展。

联合国教科文组织钦定的很多世界遗产，本身是没有多少经济价值的，但对人类文明而言，它们却具有难以估量的历史意义，如果从这个角度去思考，科林斯运河的地位就凸显出来了。

我伫立在科林斯运河的公路桥上，深深地被眼前的壮观景象所震撼，那高达90米，刀削斧斫般的河岸，是我平生看到最宏伟的景观之一。如果喜欢风光的驴友到希腊，我建议最好不要错过科林斯运河。

科林斯运河

前一段日子希腊经济危机时，很多媒体都以为这个国家要崩溃了，但实际上在整个巴尔干地区，希腊不但是最发达的市场经济国家，也是第一大经济体，她的人均GDP高出中国大陆一倍多，所以，根本用不着你"急他人之所急"的。

云深不知处——五大袖珍国

世界上每年都有"最适合人居国家"的评选——从联合国到各类民间机构，名列前茅的几乎都被北欧或澳新等国所垄断。虽然我知道这种评选具有相对准确的科学依据和统计数据，但我对数年不变的评选结果还是有点不以为然，因为就评选的各项指标来看，我觉得欧洲的几个袖珍国，列支敦士登、摩纳哥、安道尔等，完全具有和北欧、澳新等国比肩的实力。

我臆度评选者或许不认为袖珍国也是国家，所以就被人为地疏忽了。

圣地梵蒂冈

五大袖珍国中，我第一个到达的是梵

蒂冈。

我不是基督徒，也没有宗教情愫，但任何一个到罗马去旅行的人，都会去"朝拜"一下那块圣地，因为，没人敢否认这0.44平方千米土地在世界上的巨大影响力，这不仅仅是梵蒂冈麾下云集了近13亿的信徒，更重要的是，从一个宽泛的历史角度去审视，基督教还是西方文明发展的源泉之一。

中国大陆民众受累于宗教信仰的羁绊，所以对梵蒂冈的了解有限，但撇开是非恩怨和个人好恶，梵蒂冈是一座丰富无比的艺术殿堂则是无可争议的——

首先，那座由君士坦丁大帝初创的圣彼得大教堂，迄今已是1600岁高龄，在15、16两个世纪中，教堂进行了长

圣彼得大教堂

达120年的重建，领衔者都是当时世界上最优秀的建筑设计师，多纳托·布拉曼特、拉斐尔·桑西、德拉·波尔特、卡洛·马泰尔等，最后是由米开朗基罗完成了终端设计，这座凝聚了多位大师心血的不朽之作，是文艺复兴建筑经典中的经典。就地位而言，圣彼得大教堂位列世界教堂之首，世界上所有重大的宗教活动都在此举行。

其次，梵蒂冈图书馆里的珍贵典籍举世罕见，梵蒂冈博物馆里的艺术珍品价值连城，圣彼得和西斯廷两座教堂的屋顶和四壁以《圣经》为题材的绘画，都是那个时代的大师作品，而且里面还收藏和保存有波提切利、贝尔尼尼、拉斐尔和米开朗基罗等人的顶尖巨制，如《最后的审判》、《创世纪》等。所以，梵蒂冈不仅是基督教圣地，同时也是举世仰慕的艺术圣地。

最后，教堂内收藏有专业评论家认为是"后不见来者"的雕塑三大件——第一是米开朗基罗的《圣母哀痛》，第二和第三是贝尔尼尼的《青铜华盖》与《圣伯多禄宝座》。就我个人的审美取向而言，给我印象最深的是《圣母哀痛》，米开朗基罗在作品中把圣母失去儿子的悲痛感和对上帝旨意的顺从感刻画得淋漓尽致。

我到梵蒂冈之前，曾花数日猛做功课，期冀能在有限的时间内有尽可能多的了解，结果发现这是奢望，因为梵蒂冈的文史汗牛充栋，万帙长卷亦叙述不尽，区区数日的努力无异于杯水车薪。

梵蒂冈既是宗教圣地，但也是一个国家，所以安全保卫当然是不可或缺的。但凡举行盛大宗教活动，梵蒂冈的

正在换岗的梵蒂冈瑞士籍卫兵

安保还是得依赖意大利警方，而平时则由教廷卫队承担。初始的教廷卫队是不分国籍的，但自1527年哈布斯堡王朝的查理五世血洗罗马后，就只有瑞士人才有资格担当此任了。因为在那场灾难中，别的国家的士兵都作鸟兽散，只有瑞士籍士兵忠于职守，顽强抵抗，直至全部殉难。从那以后，教廷就只招募瑞士籍的士兵了。

　　无独有偶，1789年法国大革命时，暴动者冲进凡尔赛宫，138名瑞士雇佣兵誓死保卫路易十六，但仁慈却又迂腐的路易十六却下了一道匪夷所思的命令：因为暴动者都是法国人，是自己的臣民，所以不能杀死他们。结果让既要保护主人，又要服从命令的瑞士卫兵束手无策，最后悉数血洒宫廷。

　　据说马克•吐温曾在一个阴雨绵绵的下午，伫立于瑞士雇佣兵的雕像前叹息道：这是我看到的最感人的雕像！

"第一大国"安道尔

五大袖珍国中的"第一大国"是安道尔，因为她的领土有近500平方千米，虽然安道尔的国土面积在世界上排名190名之外，但她的人均GDP却高踞世界前列，我去的那一年（2011年），安道尔人均GDP是41630美元，排名可列当年全球前20名。

我们从巴塞罗那乘坐国际大巴前往安道尔，车在比利牛斯山中行驶了大约5小时，最后在一个简陋的小车站停了下来。我走出车站门口四下一望，发现这是一个坐落在峡谷里的小城市，两边都是高耸的山峰，如此地理位置，

安道尔国家汽车总站

我一下明白了查理大帝当年在此建城的初衷，因为在冷兵器时代，地形地势为战争敌我双方攻守和排兵布阵的第一要素。

安道尔的首都就叫安道尔城，官方公布的城市居民有2万左右，但每天涌入这个城市的外国人与常住人口持平，所以全市那条唯一的商业街上从早到晚一直熙熙攘攘的。我在安道尔城里住了两天，看到很多人在超市买酒是上百瓶，买烟则是数十条，我下榻的民宿老板告诉我，安道尔被人称之为免税天堂和欧洲的超级市场，所以每天都有很多法国人和西班牙人开着车前来这儿购物。大众商品便宜，但商品房却很贵，我打探了一下行情，均价在2万欧元左右一平方。

达利的作品

这座小城的大街小巷有很多形状各异的雕塑作品，据说有些还是大师留下的，比如市中心竖着那个鞋型的雕塑钟就是达利的作品。商业街上有一家卖电子产品的华人小店铺，我上前与老板搭讪。老板很热情，自我介绍来自香港，他说现在到世界各地旅行的中国人很多，但到安道尔来的还是很少，一年中难得见到几个自己乘坐长途巴士来的中国人。他的话使我感到很荣幸，因为在生活方式上，特别是在旅行目的地的选择上，我喜欢成为少数派。

1278年，法国佛伊克斯公爵和西班牙乌尔盖尔主教在一幢名"溪谷之家"的三层小楼签订协议，内容是双方共同治理安道尔国，权限为享有行政和宗教管理权。根据协议，法国国家元首和西班牙乌尔盖尔地区主教可领取管理者年薪，前者能得到约相当于今日的两美元，后者稍多，约8美元，外加6条火腿、6块干奶酪和12只母鸡。戴高乐主政法国时，每逢单数年，他就盛装前往安道尔领取年薪。但自1993年安道尔颁布宪法成为独立主权国家后，这项财政支出就被终止了。

安道尔名义上的国家元首（大公）还是法国总统和乌尔盖尔地区主教，但首相是通过选举产生的，我去的时候一个名为民主主义党的团体刚在选举中获胜，新首相安东尼·马蒂·佩蒂特上任还没几天。安东尼虽贵为首相，但他办公的那幢楼相当寒酸，不能与上海任何一个镇政府或乡政府的楼宇类比。

安道尔已经700多年没有战争了，85000国民生活安逸而悠闲，整个国家一派世外桃源的和平景象。

"榜眼"列支敦士登

说出来让人笑话孤陋寡闻，我第一次知道世界上有列支敦士登这个国家还是在图书馆翻阅的一本旧体育杂志上：1980年，在美国普莱西德湖举行的冬奥会上，一个叫汉尼·文策尔的列支敦士登女运动员获得了两枚金牌（她还

列支敦士登政府大厦

和她弟弟各获一枚银牌），这在世界竞技体育领域内引发不小的轰动，因为一个面积只有160平方公里，人口3万不到的蕞尔小国，竟然能培养出如此巾帼英豪，真是令人刮目相看。

列支敦士登的地标景点瓦杜茨堡平时不开放，但每逢国庆节（8月15日），全体臣民只要愿意，都可以到瓦杜茨城堡里小酌一杯，而且这是列支敦士登的王子为表示与民同乐而免费赠送的。最有趣的是该国在2011年出台的一项举世皆惊的国策，即世界上任何人只要付4万英镑，就可以租下这个国家一个晚上，届时你不但可以携150人的大团队同往，还能得到一把由议会颁发的"国家钥匙"。这一天晚上，你可以享有调用警察的权利，享有品尝王子私

瓦杜茨堡

人窖藏红酒的乐趣等等。但我不知迄今为止是否有人实践过。

"国泰民安、国小民富"，是列支敦士登目前的国情。我在游客咨询中心与几位工作人员闲聊中得知，这个国家几乎没有失业者，从业人员的平均月薪高达7000美元左右。排第一位的是教育工作者，月收入约10000美元，金融业次之，约8500美元，排末尾的是农业和林业工人，大概3000美元出头。一个国家教育工作者的收入排在首位，我还是第一次听说，这是否属于"再穷也不能穷教育"的典范？

我在街头长椅上小憩时，碰到一位传教士和两位年轻的志愿者，传教士会说几句中文，但他没去过中国（我在意大利博洛尼亚也碰到过这样的传教士和志愿者），欧洲很多地区教会为了向世界上人口最多的国家传教，所以专

作曲家赖因贝格儿是国家英雄，留影以示崇敬。

门设有汉语培训班。那个传教士听说我来自上海，就要求我教他两句上海话，我不能，也没有理由拒绝，就教他"侬好"和"再会"，传教士连说了三四次，总算是说纯正了。

我在列支敦士登只逛了一天，但深为整个环境的祥和之气赞叹不已，除了在首都瓦杜茨最繁华的商业大街上有点小镇般的热闹外，别处都是幽幽的清净世界。我们行走在山间的小径上，四周绿林环伺，花草香气四溢，苍穹碧空如洗；尽管是夏天，但远处的峰峦上仍是白雪皑皑，漫步其间，犹如徜徉在人间仙境……

"探花"圣马力诺

我去圣马力诺旅行真不容易——先从法兰克福乘火车穿过整个瑞士到米兰，再从米兰转车到亚得里亚海边的古城里米尼，然后坐大巴，在七里八拐的山道上转了一个多小时，最后再乘电瓶车上山，圣马力诺总共61平方千米的国土，就在这座名叫蒂塔诺山的西坡一侧。

圣马力诺全国的旅游景点，总共就是一座教堂、一座宫殿和三座城堡：圣方济各教堂是这个国家现存的最古老，最有艺术性的建筑，据说里面收藏有中世纪的圣骨匣，以及宗

瓜依塔堡

教器物、绘画和壁画等；瓦洛尼宫是国家博物馆和图书馆；三座城堡瓜伊塔、切思塔、蒙塔莱，分别建在三座山峰上，进城堡需买门票，票价4欧元。千万别小觑这么一点有限的旅游资源，它每年吸引了世界各地数百万游客前来观光，据说圣马力诺GDP的一半来源于旅游业。

圣马力诺有一历史事件令我懵懂——二战时，因德军占领了圣马力诺，所以英国皇家空军对该国进行了四次大轰炸，导致60位平民遇难、100多人受伤。为了表达对战争的愤慨，圣马力诺竟同时向同盟国和轴心国宣战！我只知道在世界战争史上有保持中立的国家，但从没听说过有

向战争对垒双方同时宣战的国家，真乃今古奇闻！二战后英国向圣马力诺认错并赔偿8万英镑，这样的气度令人钦佩。

圣马力诺政治体制的演变令我惊奇——这个国家的共产党力量非常强势，二战后十多年间都是共产党执掌权柄。1957年天主教民主党曾获执政权，但却是依赖于共产党的鼎力相助才有幸成功。1978年，共产党卷土重来，再登大位，直到1992年，才由天主教民主党和社会党联合执政。那一年，圣马力诺加入联合国，成为国际大家庭的一员。欧洲国家中，只有圣马力诺对中国国民免签证，我猜测这或许和该国共产党长期执政有关。

圣马力诺成为独立主权国家，仰仗意大利建国三杰之一的加里波第之功。19世纪意大利统一战争时，加里波第因战事失利而到圣马力诺避难，圣马力诺在钱财、物资等

右上角那把扇子被我买下了

方面全力支持加里波第。作为回报，意大利统一后，加里波第让圣马力诺作为一个独立主权的国家始终存在于意大利境内。据史志记载，加里波第在19世纪中叶曾到过中国广州和厦门做买卖，在他自己的回忆录里，还提到他的"国际军团"中有一位中国人，只是没有详细的记载。

我从圣马力诺回法兰克福走的是另一条路线：乘大巴下山到里米尼，在里米尼转乘火车到博洛尼亚，从博洛尼亚飞回法兰克福。对喜欢背着行囊走天下的驴友来说，这个行程都不失为一条非常合理的自由行线路。因为，如果你有时间，可以在米兰、里米尼、博洛尼亚停留几天，意大利的这几个城市，历史厚重、风情浓郁、特色鲜明，绝对值得一顾。

弹丸之国

安道尔和列支敦士登，前者468平方千米，后者160平方千米，这两个国家城市是城市，乡村是乡村，井然有序，所以在这两个国家旅行，只是在意识中感觉他们的"袖珍"，但真要是作"环国游"，没两三天肯定玩不转（我在安道尔就住了两天）。即便是圣马力诺，再小也有61平方千米，你在逶迤山道上爬上爬下，三个城堡，圣方济各教堂等地标景点以及街道广场走一遍，大概也要一整天，所以行走在上述三国，我没有"小"感觉。

只有到了摩纳哥，你对"弹丸之国"才会有直观上的真切感受。摩纳哥东西长约3000米，但南北最窄处仅200米，摩纳哥国土面积仅1.98平方千米，据说边境线加上海

建于1875年的摩纳哥大教堂

岸线全长不到10000米，不要说跑，即便是散步，三个小时也绰绰有余了。

但很多人也许不知道，生活在这弹丸之地上的38000居民，是世界上最富有的国民，摩纳哥的人均GDP高达172000美元（2011年）！为什么会"国财亿贯"，因为他们拥有蒙特卡洛赌场，拥有F1一级方程式赛场，这是摩纳哥的两部吸金机。

欧洲五个袖珍国中，人们稔知的是摩纳哥，举世闻名的赌场和赛场是当然因素，但更多地是缘于一个人——摩纳哥王妃格莉丝·凯莉。欧美国家的靓丽影星不胜枚举，但我个人认为最具贵族典雅气质的，按年代顺序排在前三位的是，美国的格莉丝·凯莉、瑞典的英格丽·褒曼、澳大利亚的妮可·基德曼，我觉得当今那句流行语"主要看气质"，就是为这三位影星量身定制的。在影片《摩纳哥王妃》中，格莉丝王妃就是由妮可·基德曼扮演的，而为妮可配音的就是时任法国总统奥朗德的女友，演员朱莉·葛娅。

格莉丝王妃和雷尼尔三世的爱情童话故事，不仅让50年代的少男少女倾倒，也使80年代的青年男女迷恋，只是格莉丝王妃红颜薄命，1982年，她在一场车祸中香消玉殒。雷尼尔三世受此打击后悲痛欲绝，所以一直独身未娶。据说你在摩纳哥，如果和上了年纪的老人说起格莉丝王妃，他们就会满怀柔情地向你叙说王妃带着她的孩子在海边骑自行车，并向行人挥手问安的情景……

摩纳哥官方宣布的全国人口有38300多人，但实际上真正拥有摩纳哥国籍的国民仅是一个零头，约8300人，另

海湾中停泊的都是超级富翁的游艇

外的3万人来自世界上100多个国家，所以摩纳哥的国际化程度堪称世界第一。

后　记

如果从旅行的内容上来看，欧洲五大袖珍国是非常值得一游的，因为无论是历史人文，还是民风民俗，抑或山川风光，五大袖珍国都拥有不落尘世的特色，但从经济角度去核算，专程设定去五大袖珍国的旅行线路是不可取的，因为既费时又伤财，所以最好是路过而不错过。比如，在罗马旅游肯定会去梵蒂冈；而去瑞士则可捎带列支敦士登；去法国南部可去摩纳哥；只是去安道尔和圣马力诺则要麻烦一些，如果你去巴塞罗那旅游，那儿有长途大巴直达安道尔，全程约5个小时，一路上可饱览比利牛斯山风光；圣马力诺在意大利中部偏北，可从米兰乘火车经博洛尼亚、里米尼一路前往。

顺便说一下，意大利中部城市博洛尼亚是非常值得停留数日的古城，她不仅有"廊城"和"红色之城"的美誉（我在博洛尼亚停留了2天，但为了拍摄各具特色的"长廊"就花了半天时间），而且博洛尼亚大学是世界上公认的第一所具有完整大学体系和现代意义的大学，该校和法国巴黎大学、英国牛津大学、西班牙萨拉曼卡大学并称为欧洲四大古老名校，但丁、哥白尼、彼特拉克、丢勒、伽利略等都曾在该校学习或执教，所以，人文底蕴之深厚不言而喻。

　　1988年，博洛尼亚大学900年校庆之际，欧洲430所大学校长齐聚于此，共同签署了"欧洲大学宪章"，正式宣布博洛尼亚大学为"大学之母"。

蛮族嬗变——德国六都市掠影

序

　　一说到日耳曼民族，很多中国人就把她和德意志划等号，好像德国人是日耳曼的当然代表，这属于一叶障目或以偏概全。实际上，现在的奥地利、瑞士、英格兰、荷兰、挪威、丹麦、瑞典、冰岛等国大都是日耳曼子孙，而且日耳曼人的故乡也不是德国或奥地利，而是斯堪的纳维亚半岛。

　　今天，日耳曼民族在世界民族之林中的强势地位已得到公认，因为这个民族对现代人类社会做出的贡献无有比肩者。但纵观整个历史进程，日耳曼民族有此殊荣的时间并不长，在十三世纪时，也就是相当于中国的南宋末期，日耳曼人、凯尔特人、斯拉夫人还被罗马帝国视为欧洲的三大蛮族，落后、愚昧、野性是这个民族的三个印记。欧洲有史家认为，日耳曼民族之所以能快速步入文明社会，一是因罗马帝国的衰落给了他们"乘虚而入"的机会；二是吸收和继承了古希腊和古罗马传承下来的智慧和知识。

但日耳曼民族的进化轨迹昭示了很重要的一点，即一个民族的进步，不是因为诞生了什么政坛枭雄，也不是因为拥有富豪大亨，而是这个民族繁衍生息了一批什么样的族人！

毛主席曾说过，人民，只有人民，才是创造世界历史的真正动力！

慕尼黑

我从维也纳去慕尼黑，乘坐的是夜行火车，这是我在欧洲旅行第一次乘火车，上车伊始，我突然想到了一部英国影片《开往慕尼黑的夜车》，内容好像是说二战前夕波兰戏剧演员逃亡到英国的故事，但具体情节却是想不起来了。

德国的铁路客运有口皆碑，上下车就像乘坐公共巴士一样方便，车厢整洁宽敞，有的还可以上网，乘客也不多，只是票价有点贵，三张票将近100欧元，2011年欧元和人民币的比值在1：9.3左右。

我在德国大地上的旅行始于慕尼黑，这是我处心积虑的安排，因为，20世纪具有划时代意义的三件大事发生在这座城市里——啤酒馆暴动、慕尼黑协定、奥运恐怖袭击，从社会学的意义上来分析，它们可称之为不祥、阴谋和悲惨的代名词。

今天我们回眸历史都认识到，啤酒馆暴动是希特勒和纳粹登上德国政治舞台的信号，也是欧洲升起不祥阴云的开端。当我走进那个啤酒馆时，发现规模很大，而且环境也很好，但令我不解的是，餐馆里竟然没有丁点介绍那次历史事件的陈设和介绍，如果不知那档子事的游客至此，根本无从知晓这酒馆曾发生过如此重要的历史事件，我看着周围的一切，很难把"暴动"一词嵌入我的脑子里（啤酒馆里一杯啤酒3欧元，但对面小卖部里很有名的慕尼黑猪

身后即"啤酒馆暴动"旧址

蹄却只有2．5欧元一个）。

虽然国际社会认为二战悲剧正式上演是1939年9月1日（德国进攻波兰），但前奏曲却是一年前德意英法四国签订的慕尼黑协定（主要内容是捷政府必须在10天内把苏台德区割让给德国），因为就是这个协定，让希特勒洞穿了英法的软弱，坚定了他导演并推出一场人类大悲剧的决心和信心。历史证明，姑息养奸、纵容作恶，最后的结果必然是引火烧身，二战前英、法两国的绥靖政策对此作了最为直观的注解。

多年来，我一直臆度德国人争办第20届奥运会，旨在洗刷慕尼黑这座城市的历史污浊，可惜现实似乎非要和慕尼黑过不去，在这届奥运会上，阿拉伯"黑九月"恐怖分子劫持并残杀了11名以色列运动员，造成了举世震惊的慕尼黑惨案。法拉奇曾斥责恐怖分子的头目：你们如果抱着机关枪冲向敌方的兵营誓死一搏，不管怎么说也是一种英雄行为，但你们在飞机上放炸弹，往儿童医院扔手雷，这也算是英雄行为！所以，不管恐怖分子为自己的恶行贴上多少辩解的标签，我还是认定这种违反人道准则的行为是对人类文明的亵渎。

我们在寻找啤酒馆暴动旧址时碰到的一件趣事：我向一家店铺的老板询问那个啤酒馆，店铺老板很热情，也很详细地给我们指路，但当我告辞时，他突然蹦出一句：那个啤酒馆暴动的历史是假的！我很惊讶，即刻反问道：全世界都知道的故事怎么会是假的呢？店铺老板斩钉截铁再添一句：就是假的！我揣度这老板的上一辈也许是纳粹，或者他本人就是个新纳粹分子。

慕尼黑是座典雅的城市，但人们称她是"百万人的村庄"，因为她至今保留着巴伐利亚王国田园牧歌式的古朴风貌。我记得一个很动人的故事：1632年，瑞典军队攻占了慕尼黑，城中的居民凑齐了30万塔勒作为赎城费，请求侵略者不要毁坏古城，此举竟然奏效！

尽管被冠以"村庄"，但这儿有一所世界闻名的学校——慕尼黑工业大学。迄今为止，这所大学已培养出17位诺贝尔奖得主，更厉害的是，柴油机之父迪塞尔、制冷机之父林德、立体力学之父普朗特都出自该校，最是令我惊诧的是，这所工科院校竟然还培养出了诺贝尔文学奖的获得者托马斯·曼！

纽伦堡

德国的西门子公司在中国大陆几乎家喻户晓，因为使用这个公司产品的中国人数以千万计，但十之八九的产品使用者不知道，这个公司的诞生地就在纽伦堡。当然，我去纽伦堡不是冲着西门子，而是奔正义宫和二战纪念馆而去。

我不知道正义宫是否因审判纳粹战犯才被冠以此名的，据我所知，初始审判纳粹战犯的国际军事法庭是在柏林，后来才移至纽伦堡，我私下里想，是否因这座城市曾是纳粹党的老巢和党代会的会址，所以在这儿审判法西斯罪犯具有更多的象征意义？

我认为纽伦堡审判是人类文明史上的一个里程碑，因

我行故我在·下

为它为现代国际社会提供了一套处理战争问题的行为准则；即任何个人，不管你是元首还是领袖，任何集团，包括国家，都不能发动违反国际法原则的战争。这个国际法原则有6条，我相信99%的国人对此一无所知，所以我摘录如下：

一、从事构成违反国际法犯罪行为的人承担个人责任，并因而应受惩罚。

二、国内法不处罚违反国际法罪行的事实，不能作为实施该行为的人免除国际法责任的理由。

三、以国家元首或负有责任的政府官员身份行事，实施了违反国际法犯罪行为的人，其官方地位不能作为免除国际法责任的理由。

四、依据政府或其上级命令行事的人，假如他能够进行道德选择的话，不能免除其国际法上的责任。

五、被控有违反国际法罪行的人有权在事实和法律上得到公平的审判。

六、违反国际法应受处罚的罪行是：1、计划、准备、发起或进行侵略战争或破坏国际条约、协定或承诺的战争；2、参与共同策划或胁从实施上述第1项所述任何一项行为的。

我曾参观过好几个国家的二战纪念馆（博物馆），但就房屋建筑设计的创意而言，没有一座像纽伦堡二战纪念馆那样给我留下那么深的视觉冲击力——大门口的屋顶上方造有一间房子，一半在里面，一半伸出来，好像随时可能坠落。我问馆里的工作人员，这个建筑设计有什么寓意？

纽伦堡二战纪念馆

她回答说："告诫人们要时时警惕战争的威胁。"我觉得德国人反省战争罪行远胜于日本人，建这样内容的纪念馆本身就是一种"知耻者近乎勇"的具体表现，不回避、不狡辩、不否认本民族犯下的罪孽，这是重新加入人类文明行列的第一步。我不知道是否有日本人来此参观？假如有，不知道他们对此作何想？

二战纪念馆有点像中国大陆的"爱国主义教育基地"，我在里面看到老师带着一班中学生也在参观（工作人员说，纪念馆每年要接待几十批学生），那些大孩子不仅专心听老师讲解，还很认真地看馆里的视听材料，有的还在做笔记。我问带队老师，这些孩子能理解这些历史吗？老师很严肃也很认真地回答道："也许不理解，但一定要让他们知道，再说，他们长大了会理解的。"

我觉得这是德国重新赢得世界尊重的关键之所在，因为，不隐瞒前辈犯下的罪孽并以此引以为戒，这是一个人、一个集体、一个国家乃至一个民族进步的首要条件。

旅途故事

我在纽伦堡公交车总站买一日票，那个购票机有点故障，所以弄了好一阵子不出票。正好有两位公交公司的员工路过，见此情景马上出手相助，完事之后，我随口问了一句：去二战博物馆的始发站怎么走？那两人给我们指路，但也许觉得自己的英语不太好，说不清正确的方位，所以他们就领着我们去车站，送我们上车后，自己也上了车，并走到车尾站着。

初始我以为这两人也是去博物馆那儿办事，所以和我们同路，但到站后，他们上前来给我指了指不远处的一幢建筑物说，那就是二战博物馆，随后马上又跑到马路对面的车站上车回城去了。我这才明白，他们这是把我们送到目的地，但唯恐打扰我们，所以就静静地站在车尾。二战博物馆在郊外，公交车要坐十几站路，他们花了一个多小时为素不相识的游客服务，真是令我感动得无以言辞。

几天后我与德国朋友说起这件事，他却说，你们是远方来客，能来德国旅游，首先是对我们国家的一种信任，其次是为我们德国的经济建设做贡献，所以他们这样做是应该的。

海德堡

从美因茨到海德堡，乘火车不到一小时，和上海到苏州差不多时间，而且海德堡城市不大，在老城里逛一圈，一天时间绰绰有余，所以我早上7点出发，晚饭前就回到美因茨了。

在我游览过的德国城市中，海德堡的风光最美（个人感受），所以，把这座小城贴上"秀色可餐"的标签是再恰当不过的了。这不是我的一厢之情，而是所有到过海德堡的游客一致公认的，历史上留下的名人雅士之颂词可为证，比如，歌德说"把心遗失在海德堡"；马克•吐温说"海德堡是他所到过的最美的地方"……

海德堡是德国浪漫主义的象征，海德堡也是诗人汲取灵感的圣地，海德堡还是艺术家的精神家园，据说西方国家讲授文学课的老师如果忽略了海德堡，那是不可原谅的失误，如果有人认为这话言过其实，那是因为他没到过海德堡。

我在海德堡看到最美的一幅山水画是在内卡河边——澄净碧蓝的天空下，山坡上红褐色的海德堡城堡掩映在一片绿色中，九孔桥横卧在河面上，桥头两座高高耸起的圆塔与对岸的城堡遥相呼应，清澈的河水在桥下缓缓流淌，我臆度任何一个到此地的游客都会驻足河畔，享受这天下胜景给人带来的一份愉悦。

内卡河两岸的秀丽风光

在中国大陆，有两个社会层面的人士稔知海德堡，一是学界，因为那儿有举世闻名的海德堡大学；二是印刷业，因为海德堡是世界公认的印刷业龙头老大。

从德国大学的发展史以及各项综合指标来看，海德堡大学稳居德国大学三甲是没有异议的（有业内专家认为是榜首）。资料显示，迄今为止共有56位诺贝尔奖得主、19位莱布尼茨奖得主有过曾在海德堡大学求学、任教和搞科研的经历。但我个人认为，这些妇孺皆知的荣誉并不是最值得炫耀的成绩，真正令海德堡大学骄傲的应该是19世纪时，有一大批世界顶级的学科"教父"任职于这所大学，除了人所共知的哲学大师黑格尔外，还有物理学家古斯塔夫·基希霍夫、化学家罗伯特·本森、生物物理学家冯·赫姆霍兹、医学家冯·切利乌斯等等，严格地说，是这些科学巨头夯实了海德堡大学今天在世界上的学术地位。

海德堡大学已有600多年的历史，就像欧洲绝大部分古老的大学一样，她创建时只有神学、法学、哲学、医学4个科系，直到19世纪末才建立第五个系，因为那个年代世界科学技术突飞猛进，为了跟上时代潮流，自然科学系应运而生。由此可见，进大学学习知识固然是目的，但人文精神的培养才是宗旨，世界一流大学之所以大多在欧美，最最关键的一点就是人文精神的传承。

海德堡火车站很现代，我觉得跟城市的历史定位不匹配。在回程的火车上，我与两个德国乘客聊天时信口开河，说海德堡火车站是城市规划设计的败笔。没料到这两个德国人竟然认真了，说是要把我的意见写信向海德堡市政当局反映。这令我有点惶恐，因为我知道，在海德堡建这么一个火车站，肯定是经过了专家学者的评估、论证、研讨等一套程序的，我现在只是根据我自己的感受姑妄言之，这两个德国人怎么能当作一件事来做呢？但我也没劝阻，因为覆水难收了。

特里尔

德国的铁路网非常发达，使喜欢自由行的旅客有足够便利的条件在德国的大城小镇里穿梭游荡。在我计划拜访的城市里，特里尔始终被我列为必去之"重镇"，因为那里有我感兴趣的人文历史。

如果我不提马克思的名字，95%以上的中国人不知道特里尔地处何方？1818年，马克思诞生在这座城市布吕肯街的一幢三层小楼中，他在特里尔生活了17个年头，但此后却再也没回过故里。当然，到特里尔去的游客，前往布吕肯街瞻仰伟人故居的大都来自中国大陆，他国的旅行者，主要还是冲着古罗马的历史遗迹而去。

欧洲的城市能达到"秦砖汉瓦级"的屈指可数，东、西、北欧国家的城市，建城史大都在千年左右。从史料记载来看，特里尔开埠于公元前16年，就年代而言，特里尔应该是德国当之无愧的骨灰级古城，所以城中保存着大量古罗马时代的遗迹。旅游接待中心一个工作人员向我介绍说，特里尔现在虽然不能和柏林、汉堡、法兰克福等一线大都市相提并论，但在欧洲人，特别是德国人的心目中，特里尔仍是和罗马、巴黎、伦敦并肩而立的欧洲四大古都。初始我以为她这是为推介旅游的夸张之辞，及至与周围一些欧美游客闲聊，方才得知此言不虚，这不禁令人咋舌。

从通常意义上说，特里尔享誉世界的标志性景点，应该是大黑门、罗马式大教堂、君士坦丁大帝的浴宫等，但对中国大陆游客而言，拜谒马克思故居是同样不可或缺的，这当然是因他老人家在中国大陆的地位所致。不过我在特里尔发现，马克思一出中国国门，知名度就骤降，我在露天酒吧歇息时问周围的几个欧美游客，去了布吕肯街的马克思故居没有？这些人不但一个也没去过，其中还有人甚至不知道马克思为何方圣贤！最令我啼笑皆非的是一个年轻人反问我一句："那儿有些什么古迹？"他或许把马克思误认为是古罗马的一个名人或帝王什么的了。倒是特里尔人很自重，他们把马克思当作一个旅游资源竭力推广（主要是针对中国人），在城市公共旅游观光车上印着大大的马克思头像，每天在城里面四处转悠。

中国大陆到特利尔去旅行的人不多，我在城里逛了老半天，只见到为数不多的几张亚洲面孔，因为没听到他们说话，所以我还不敢肯定他们是不是中国大陆人，但我在马克思故居见到几位黑头发、黄皮肤的人，即便他们不言语，我也断定他们是中国大陆人。马克思故居门口的标牌上用中文写着开放时间；马克思故居的参观者留言簿上大

特利尔的旅游观光车身上印着马克思的头像

多数是汉字；马克思故居的参观门票是4欧元一张——这让我很不以为然，这不是明摆着赚中国大陆游客的钱嘛！为了表明态度，我对那个管理员戏言，你们用卡尔·马克思的名字赚钱，有损他在我们中国人心中作为革命导师的光辉形象。当然，德国人不懂这个道理，因为他们不知晓，马克思在整整三代中国人的内心深处，都镌刻着一道深深的印记。

我去特里尔那天是星期日，除了餐馆和酒吧，别的商店全部歇业打烊，老城中心广场上游人如织，商业大街上却空无一人。欧洲大多数古城的居民，其生活观念与中国大相径庭，他们赚钱的欲念远比我们低下，所以节假日一般是不做生意的。有一次我在卢森堡旅行，车开进一个加油站，结果被告知不营业，我拉住一个路人问缘由，他用狐疑的眼光扫了我一眼说：今天不是星期六吗？言下之意是，这是法定休息日，你怎么连这个也不知道呢？

休假日，在欧洲人的理念中是神圣不可侵犯的。

不莱梅

德国百万人口的城市一共只有四个，依次为柏林、汉堡、慕尼黑和科隆，像特里尔仅10万人口，所以中国人习惯上把它叫做特里尔小城。但不莱梅属于大城市，因为她有66万人口，如果按工业产值算，不莱梅在德国排名第五，著名的戴姆勒—奔驰汽车、贝克啤酒就驻扎在这座城市里。

但我对不莱梅更深的了解源自读史，因为我知道不莱梅是最早和中国有贸易往来的德国城市，1861年，大清政府和普鲁士签订《中德通商条约》，里面曾提及一个口岸贸易城市"伯磊门"，这个"伯磊门"即是今天的不莱梅。

但就像不提马克思，绝大多数中国人不知道特里尔一样，如果不提恩格斯，95%以上的中国人同样不知道或不熟悉不莱梅。1838年到1841年，恩格斯在这座城市里生活和工作了3年，据说恩格斯在不莱梅度过的岁月，是他日后成为无产阶级革命导师的里程碑，因为在这里，恩格斯经历了从宗教信仰者到无神论者的蜕变。不过说实话，这样的蜕变过程令我有点不解，因为在时间上有点短。但更令我惊异的是，恩格斯在不莱梅的3年时间里，竟然学会和掌握了24种语言（其中包括方言），有人介绍说，这主要得益于恩格斯每天要处理许多来自各国，用各种文字书写的商业信函，以及要和操各种语言的商人和水手打交道。但不管有多便利的条件，一个人要在3年时间里学会那么多的语言，怎么说也是一个聪颖过人的语言天才。

恩格斯这个名字，在不莱梅与中国大陆的知名度几近云泥，当地的市民，绝大部分都不知恩格斯为哪个时代的人，我在路上曾随机询问过几个人，都是一问三不知。在不莱梅，名闻遐迩的是天文学家海因里希·奥博斯，他在200年前研究出确定彗星轨道的方法，至今还在应用。但国际天文学界认为最为著名的还是"奥伯斯佯谬"所阐述的观点，即：如果宇宙是稳恒态而且是无限的，则晚上应该是光亮而不是黑暗的。我实在不理解这个"佯谬"是什么意思？

不莱梅还有好几个世界级的名人，比如路德维希•克魏德（1927年诺贝尔和平奖获得者）、卡尔•卡斯滕斯（曾任联邦德国总统）、海因里希•福克（直升机的发明者）、我很喜欢的轻音乐作曲家詹姆斯•拉斯特也是不莱梅人，但这些人都不能同恩格斯比肩，为什么呢？其原因外国人也许不懂，但在中国却是妇孺皆知。

因为是工业重地，所以不莱梅在二战期间遭受多次大空袭，整个城市破坏厉害，我们今天看到的很多中世纪的古建筑，基本上都是战后重建的，有些修葺工作至今仍在进行。虽然地方政府投入巨资以求恢复城市原貌，但在数量上，现代化的建筑还是远多于古建筑，被修缮和保留下来的，具有代表性的古建筑主要聚集在市政广场周边。

旅途故事

我们从不莱梅乘火车北上汉堡，因为时间还早，所以我们就在火车站大门口溜达。

车站广场一侧的马路上开来三辆小型货运车，五六个人从车上搬下来几大筐食物，有新鲜的水果色拉、新鲜的蔬菜和刚出炉的面包，以及通心粉、酸辣汤等，都是上好的饭菜，一字排开后，那几个人就招呼着车站四周的流浪汉前去领取。我身边的几个流浪汉示意我们三人一块去，我问道：我们也可以享受？流浪汉大咧咧地说：当然可以啰，你们是远方来客嘛。我们有点惴惴地跟着他们走到摊位旁，发放食物的那些人见到我们，同样很热情地把蔬菜

不莱梅火车站

水果、面包和汤递上来。后来我们了解到，这是教会的施舍，对象主要是流浪汉，孤寡老人等，但我也见到很多学生模样的年轻人也在领取食物，我就明白这施舍其实是面向社会全体弱势人群的，没有稳定收入的学生也属于上述对象，而像我们这种"远方来客"，在当地人眼中也是"弱势群体"。但施舍如此上乘的食物，我还是第一次见到。

　　我在德国生活了一年之后才知道，德国很多城市都有社会施舍，而且都是很好的食物，因为这涉及到对被施舍对象的尊重。欧洲国家有一种社会意识，就是人的尊严不因社会地位或职业什么的而被分成等级，人格是平等的！

吕贝克

　　我从哥本哈根回美因茨时，绕道在吕贝克停了一下，因为我要去拜会一个人——1929年诺贝尔文学奖获得者托

我行故我在·下

马斯·曼。

吕贝克的城市象征是霍尔斯特城门，之前曾有一位德国朋友告诉我，原来的德国货币面值50元的马克上，就印着这座城门。从建筑艺术的角度来看，已有500多年历史的霍尔斯特城门是德国，也是欧洲最具特色的城门之一，那两个圆锥形的门楼真是巧夺天工。但我的主要目标是位于孟街（Mengstr）上的托马斯·曼故居，所以一下车我首先"直奔主题"。

我非常敬仰托马斯·曼，获得诺贝尔文学奖是其一，其二是他的气节，或者说是一个作家在独裁者重压下坚守良知的勇气——1929年，托马斯·曼获诺贝尔文学奖，但纳粹上台后并不认为这是荣誉，因为他们认为托马斯的作品不符合法西斯倡导的主流文化，再加上托马斯的妻子是犹太血统，这就使他度日艰辛，被逼无奈之下，托马斯只好流亡美国。在美国时，曾有人问托马斯·曼是否怀念德国和德国文化？托马斯·曼义正色

在托马斯·曼故居前留影

答道：我在哪里，德国文化就在哪里！这位诺奖得主的言下之意不言而喻，即代表德国文化的并不只是希特勒和他的法西斯党，哪怕他们自我标榜是代表了德国。托马斯•曼的话也提升了我对文化涵义在某个侧面上的理解：文化，或许是有先进和落后、高雅和低俗之分，但要分清主流、支流抑或是逆流，则不是以权力的大小和地位的高低来界定的，因为权力和地位不是衡量文化优劣的天平。

托马斯•曼故居又名"布登勃洛克之家"，这是一幢白色小楼，因为周围的建筑都是深色的，所以夹在中间很起眼。

吕贝克这座城市还有两位诺贝尔奖获得者，一位是前西德总理勃兰特，他在华沙犹太人起义纪念碑前的"惊天一跪"，让全世界看到了德意志民族对自身罪孽的忏悔态度；另一位是君特•格莱斯，1999年诺贝尔文学奖的获得者，我曾拜读过他的著作《铁皮鼓》，但君特•格拉斯不是土生土长的吕贝克人，他只是晚年定居在吕贝克。我去时格拉斯刚去世，没能面聆老人家的教诲，我感到有点惋惜。

勃兰特和格拉斯在吕贝克都有纪念馆，而且离托马斯•曼的故居都不远，但因为在"猫头鹰酒吧"耽搁了太多的时间，所以没能前往参观，这令我觉得很是遗憾。

旅途故事

吕贝克火车站大门的正前方有一家"猫头鹰酒吧"，我路过时探头朝里面张望了一下，门口一位中年男人见了马上很热情地招呼我进去，出于好奇心，我们一家三口就登堂入室。

　　进门一看，没想到小屋子里竟然济济一堂！屋里的顾客见我们进入，好几个人给我们让座，弄得我们有点受宠若惊。恭敬不如从命，我们就在一对男女对面坐下，随即就和他们天南海北聊开了。男的自我介绍是前南斯拉夫人，但到吕贝克已经40年了，那女的则是当地人。我问他们去过中国没有，他们说没有。我问他们想不想去？他们说当然想，但经济条件不允许，所以只能在电视里看看长城和故宫什么的。我转身又问身后的几位德国人，有没有去过中国的？回答竟然一个都没有，原因都是"没钱"。由此可见，即便在发达的德国，出国旅行，特别是到遥远的中国，也仅是一个小众享受的生活乐趣。那个德国女人说，她的亲朋好友中也没有到过中国的，因为中国实在太遥远了。

　　我们和酒吧中的一些人合影留念，并希望他们能多挣钱，争取到中国大陆来旅行，他们回答说，谢谢你们的祝福，但愿能心想事成。

　　都说德国人严谨、严肃、甚至有点矜持，但在我看来这是主观臆断，因为，只要你没有语言障碍，只要你没有心理障碍，只要你没有偏见障碍，那么全世界任何一个地方，都有善良、诚实和友好的人。

　　我在美因茨大学读博的3年多时间里，一共游览过20多座德国城市，除了我经常进出的法兰克福，还有柏林、汉堡、科隆、魏玛、莱比锡、德累斯顿、斯图加特、康茨坦茨等，但一来学识尚浅，二者琐事缠身，所以我只能暂时记录上述6城的一鳞半爪……

闻香识名城

　　北美、澳新这些前殖民地国家，首都城市的作用主要是体现于行政功能上，而在经济、文化、科技等方面，都不能和本国的龙头城市比肩，至于说到历史人文底蕴，两者也不可同日而语，比如华盛顿之于纽约、渥太华之于多伦多、堪培拉之于悉尼、惠灵顿之于奥克兰。

　　但在历史传统悠久的国家里就不是这样，首都除了是政治中心外，可能还是经济、文化、科技中心，所以在这些国家里一般都有双子城，比如法国的巴黎和马赛、俄罗斯的莫斯科和彼得堡、日本的东京和大阪、印度的新德里和孟买、中国的北京和上海……

　　欧洲几个大国也有双子城，囿于有限的

我行故我在·下

经历和阅历，我在此仅记录下罗马和米兰、柏林和汉堡、马德里和巴塞罗那。

罗马和米兰

一

在欧洲旅行，意大利应该是第一选择。

因为拜罗马帝国和文艺复兴两大历史遗产所赐，所以亚平宁半岛上很多大城小镇拥有丰厚的文化遗存。两千多年来，意大利虽因天灾人祸而命运多舛，但她在人类文明史上的巨大影响力仍是举世公认的。有一位历史系的教授曾对我说过，在欧美，任何一个国家的任何一本历史教科书上，罗马帝国和文艺复兴都占有最长和最重要的篇幅。所以，把罗马置于首位理所当然。

以现有的权威记载，罗马建城是公元前753年，距今已有2700年以上的历史，放眼寰宇，能在年代久远上与之比肩者屈指可数。人们去意大利旅行，首选城市肯定是罗马，因为罗马被誉为"万城之城"。实际上意大利闻名遐迩的世界级历史名城有好几座，比如佛罗伦萨、威尼斯、热那亚、巴勒莫、比萨等，但在知名度和文化底蕴上都不能与罗马争锋。罗马不仅是意大利的首都，从某种意义上说，她还是这个国家的一部编年体史书，因为"罗马不是一天建成的"，所以她的故事也就永远也叙说不尽。

任何一个游客到罗马，不可能不去古罗马斗兽场、万神殿、许愿池、西班牙广场等，因为这些都是罗马的地标，我当然也不能免俗，在罗马逗留的三天时间里，我跟着如潮的人流穿梭其间，但罗马还有一个鲜有游客光顾的去处令我感兴趣，那就是当年教廷烧死乔尔丹诺·布鲁诺的鲜花广场。

八十年代高中语文课本上有《火刑》一文，最后一段文字极富激情和诗意——"三百年过去了。台伯河还像当年一样淙淙地流着，亚平宁半岛上的阳光也像当年一样地和煦。罗马经历过战争、流血，唯物主义者——战士布鲁诺的思想在自由的人民当中翱翔。人民永远怀念科学的英勇的殉道者。"但从历史文献的考据上来看，乔尔丹诺·布鲁诺不能被简单地称作是科学先驱或是唯物主义者，他更的地应该是一个多神论者，他被宗教法庭烧死也不是支持和宣扬哥白尼的日心说这么一个简单的原因，因为，《天体运行论》被罗马教廷列为禁书是在1616年，这距布鲁诺被烧死已过去16年了。但不管怎么说，乔尔丹诺·布鲁诺作为科学殉道者的象征意义已成千古定论。

一个当地人对我说，现在矗立着乔尔丹诺·布鲁诺塑像的这个鲜花广场不是原址，历史上曾有过一次搬迁，这尊铜像就是当年搬迁时才竖起的。我问他原址在那儿，他也说不清楚，这让我感到有点怅然。鲜花广场有一题字"做好，让他们谈论"，或许是寓意太深，所以我有点朦胧。

英国、土耳其、以及意大利别的城市也有古罗马时代建造的斗兽场，因为罗马帝国全盛时期的疆域横跨欧亚非三洲，所以这样的圆形宏伟建筑遍及地中海沿岸城市。世事沧桑，2000多年的天灾人祸毁坏和湮灭很多那个时代的辉煌，完整保留下来的圆形斗兽场屈指可数，像罗马这样的四层斗兽场全世界仅存一座。意大利人对拥有这样的历史遗产是很骄傲的，不容他人有半点不敬之举，据说有两个美国女人在斗兽场的墙砖上刻自己名字的首个字母，结果被警察抓进局里并遭司法指控，罪名是破坏历史遗产，还有人因同样的行为被罚数万欧元。

在罗马斗兽场，想到早年角斗士和基督徒的悲惨命运，陡生一丝恐怖，因为这两种人，当年都曾是狮子口中的佳肴。

到了罗马，一定会想到《罗马假日》，想到《罗马假日》，一定会去西班牙广场，因为那是安妮公主和布莱德里的相遇之地，现在已成为浪漫爱情的代名词，而我见识罗马、相知罗马亦始于《罗马假日》。整整一个花甲过去了，奥黛丽·赫本把世界上最优雅的仪态和最美丽的微笑镌刻在几代人的心中，但在我心中留下的还有影片最后安妮公主和布莱德里在媒体见面会上的

罗马西班牙广场留影

对视——那种表情，那种眼神，只有称得上艺术家的演员才有，但是格里高利·派克却谦逊地说，《罗马假日》是赫本的电影，我只是配角。

在西班牙广场，想到安妮公主和布莱德里，平添几分愉悦，那样的浪漫邂逅，令人钦羡不已。

二

我从德国法兰克福坐火车到意大利米兰，全程约8个小时，其间穿越瑞士全境，一路上湖光山色秀美无比，令人赏心悦目。我此行目的地是圣马力诺，但去那儿需在米兰换车，故不得已而驻足之，可后来的行程完全出乎意料之外，我在圣马力诺仅逗留一天，而在米兰却住了四天，真是有点"本末倒置"了。

米兰正在举行2015世博会，我一出火车站就感受到了盛会的气氛，除了到处是"EXPO"的路标和旗帜外，还有就是满大街的警察与荷枪实弹的男女士兵。

本届世博会的主题"滋养地球，生命的能源"，主旨为追求食品安全，这对目前中国大陆的国情倒是一针见血。我在欧洲生活的第一、也是最大的感受就是饮食安全，不要说北欧、西欧，即便在相对落后的巴尔干半岛，即便是之前同样也在计划经济体制下运行的东欧各国，你也完全不用害怕"病从口入"，因为三聚氰胺牛奶，注水猪肉，或有毒大米什么的，在欧洲是连想都不敢想的事。所以，社会公德不是靠喊口号刷标语所能提升的，它是一种千百年一脉传承的文化传统使然。

我父亲大学的同系师兄黄耀诚在米兰参与中国企业馆的办展，他之前曾担任过上海世博局的副局长，当年承蒙他的帮助，安排我在世博局的外宣部当了一年的全职志愿者，此刻我和父母与他在万里之外的米兰相遇，真可谓是平添一份"他乡遇故知"的愉悦！

我个人认为米兰是一座改变了人类社会走向的城市。

基督教问世后，因受罗马历代皇帝的迫害，所以在相当长的一段历史时期内始终惶惶不可终日，直到君士坦丁一世和李锡尼颁布了《米兰敕令》，基督教才挣脱桎梏，扬眉吐气地招摇过市了。可以认定，如果没有君士坦丁一世和李锡尼颁布的米兰敕令，基督教就不会有今天这样唯我独尊的文化强势地位，而基督教没有今天的文化强势地位，人类社会也就不会发展成现在这种状态，但是历史不承认"如果"。

没有人见过，或许今后永远也不会有人见到《米兰敕令》的原件，但它开启的基督教时代已成为不以人的意志所转移的客观事实了。

米兰现在不仅是当今世界公认的时尚之都，而且拥有十几处世界顶级的名胜古迹，全部转一圈，至少需要半个月，所以我只能根据时间和兴趣进行选择。当然，米兰大教堂和圣玛利亚德尔格契修道院是必去之处。

欧洲有四大教堂，无论是建筑规模、还是宗教地位、

米兰大教堂

乃至人文内涵，米兰大教堂皆位居榜眼，她是目前世界上最大的哥特式建筑，建造时间长达六个世纪，据悉可供4万人同时举行宗教活动。从一个宽泛的意义上来说，米兰大教堂已不仅仅是一栋建筑，它还是米兰的精神象征，同时也是世界建筑史的奇迹。我去的时候发现，有些地方还搭着脚手架正在维修，门口的工作人员告诉我，因风雨侵蚀和战祸，所以修缮工程从没有停止过。现在都说达·芬奇为米兰大教堂发明了电梯，但我心中存疑，因为达·芬奇只是拟就了一张升降梯的草图，我认为这不能等同于发明。

米兰大教堂两旁大门上刻着"娱我心神者必定短暂，扰我心智者不会长久"两句话，中央大门上则刻着"只有永恒才值得追求"。细细品味，寓意隽永。

进入米兰大教堂要买门票，而且没有学生优惠票，这在欧洲旅游景点中是很少见的。

我估摸99%以上的中国人不知道圣玛利亚德尔格契修道院，但我敢肯定，至少有50%以上的成年中国人知道《最后的晚餐》，这幅巨作就在圣玛利亚德尔格契修道院中。实际上同一题材的画作有很多幅，而且很多都是名家之作，乔托、提香、达利等，只是他们选取的角度、画面、场景各有所不同，所以现世都以达·芬奇的这幅为标杆。修道院中的讲解员介绍，达·芬奇创作此画历时四年，二战时，盟军轰炸米兰，圣玛利亚德尔格契修道院被毁，但《最后的晚餐》所在的那面墙却得以幸存，这真是个奇迹。

《最后的晚餐》与米开朗基罗的《末日的审判》、拉斐尔的《雅典学院》并称为文艺复兴时期的三大杰作。经典之所以流芳百世，首先是作者的艺术天分，其次还有作者殚精竭虑和呕心沥血。4年，将近1500个昼夜，达·芬奇趴在脚手架上日复一日地涂抹，这在今天急功近利的社会几乎是难以想象的。我曾在网上看过一部韩国影片，片名是《最后的晚餐》，后来发现"剽窃者"还很多，法国、日本、古巴、伊朗，还有中国大陆，都曾"盗用"《最后的晚餐》做影片的片名，至于模仿画面设计故事情节的影片就更不胜枚举了。

朝觐《最后的晚餐》程序严格，每次只能进去30人，每次时间为15分钟，绝对不允许闪光灯拍照。门票需预定，我在两个月之前即订票，已是本场最后四张，网上预订付费11欧元一张（票价6.5欧元、预定费1.5欧元、讲解费3欧元）。

我觉得意大利人在旅游上的敛财能力不低。

从人文历史的角度着眼，意大利在欧洲是无可争议的重镇，所以，欧美国家很多人都把意大利作为旅游首选目的地。但是很遗憾，意大利的旅游现状，与她所拥有的资源不相匹配，因受一些社会负面因素的牵累，意大利旅游很多年未能进入世界三甲，在联合国世界旅游组织（UNWTO）的榜单中，她一直徘徊在五或六名之间，而在旅游外汇收入上，还大有被英德两国赶超的危险。

但意大利旅游业内人士不在主观上进行反省，却把目前旅游业落后于美、西、法、中等国归咎于中国大陆。有一次我在西西里岛的巴勒莫与民宿主人聊天，他说中国人到欧洲旅行，首选一般是西欧，其次是中东欧，第三才轮到意大利，因为中国大陆游客的基数庞大，所以左右了欧洲旅游的走向。我当即反诘：到意大利也不少，你看我们一家人不是借宿到你家里来了吗？民宿主人说：你们是第一位借宿到我家的中国大陆客人，但我每年要接待好几批英国、北美、法国、德国的客人。接着，他话中有话地补充说："到意大利旅游，是需要具备一点历史和文化知识的。"

民宿主人贬损中国大陆游客的隐喻让我有点气不顺，但一时又想不出反唇相讥的言辞，因为他的话或多或少也是一种客观存在的事实。现在中国大陆到欧洲旅行的主力军是50、60后生人，这一代人，真正具有正规高中文化知识以上的，我估计为数不多，而知晓罗马帝国和文艺复兴历史的则更少了，对这些中国大爷大妈来说，去意大利旅游意义不大，还不如到农家乐去休闲几天经济实惠。

柏林和汉堡

一

按历史教科书的说法，今天的德国应该是查理大帝（红桃K）留下的遗产，因为他的三个孙子在公元843年签署的《凡尔登条约》，三分了法兰克帝国，由此形成了现在的德意志、意大利和法兰西。但柏林真正成为现代德国的首都，却是在1933年纳粹上台之后，之前她是魏玛共和国的首都（1919年—1933年），再往前则是德意志第二帝国的首都，再往前是普鲁士王国的首都……，但不管历史有多复杂，在我的意识里，柏林一直就是德国的首都！

德国年轻城市居多，除了特利尔、威斯巴登、科隆、康斯坦茨等几个罗马帝国时期所建的城市外，柏林、汉堡、慕尼黑、法兰克福等都只有千年左右的建城史。不过后来者居上，今天我们耳熟能详的这几个德国城市，都成了名震天下的"大户人家"，特别是柏林，不仅是德国的首都，而且在欧洲也享有举足轻重的地位，它的政治和经济影响力波及整个世界。柏林还具有较强的文化穿透力，她被冠以景观之城、时尚之城、创意之都、设计之都、乃至音乐之都等。柏林电影节位列当今世界四大电影节中（另三个是奥斯卡、戛纳、威尼斯），张艺谋今天的地位，很大程度上就是拜柏林电影节所赐， 1988年，他导演的处女作《红高粱》在柏林电影节上获金熊奖，这是中国电影第一次在世界A级电影节上荣获大奖，张艺谋一下声誉鹊起。

柏林享誉世界的一流景点有上百个，勃兰登堡门、菩提树大街、国会大厦、波茨坦广场、夏洛滕堡宫等等，没有十天半月肯定玩不过来，但我在柏林计划停留的时间只有三天，因为交通方便，所以我首先去了柏林墙遗址。

柏林墙是冷战时期西方对它的称谓，苏东集团给它取名为"反法西斯防卫墙"，最初只是以铁丝网和砖石为材料，后来才逐步加固为由瞭望塔、混凝土墙、开放地带以及反车辆壕沟组成的边防围墙。今天柏林墙大部已被拆除，现存的遗址主要是供游人观瞻，我去的那一年（2011年）正好是柏林墙问世50周年纪念（1961年），但没见到什么纪念活动。柏林的朋友告诉我，冷战结束后，欧美国家的百姓对意识形态争端的关注日渐式微，所以除了一些专业人士在操心之外，一般

在柏林墙遗址留影

百姓都已没有热情了。

上个世纪中期，柏林墙是东西方两大阵营冷战的风向标。二战后德国分裂，东德公民取道西柏林逃往西德或其他西方国家，造成大量技术人才和劳动力的外流，有经济学家核算后发现，这些人力资源的流失给民主德国造成的直接经济损失约为70亿至90亿美元。为了阻止局势不断恶化，苏联和东德政府开始强行对西柏林实行封锁，结果导致了三次"柏林危机"，最紧张时还发生了美苏双方坦克在查理检查站对峙，大有一触即发之状态，这种情形直至柏林墙建成而告一段落。发生在柏林墙下惊心动魄的故事不胜枚举，我在图片展示廊里看到一位东德的父亲为儿子制作了一个背负简易飞行器，期望能飞跃柏林墙；还有挖地道穿越柏林墙的；还有乘坐热气球飞过柏林墙的；甚至还有驾驶大客车猛撞穿透柏林墙的……，这些逃亡者的壮举实在是惊天地、泣鬼神！

第二天我去了查理检查站，这是另外一个冷战标志，它位于弗里德里希大街和辛莫思特瑞斯街交界处，当年属于非德国人在东西柏林之间的通行口。为了便于后人了解历史，现在的柏林市政府在原址重建了一个美军警卫室的简易亭，旁边竖着一块牌子，上书：你现在正离开美国防区（当年的原话）。查理检查站的一侧有一名苏联士兵和一名美国士兵的肖像，据说这是为了纪念1961年美苏坦克在此地对峙事件。

我在柏林逛了三天，有件事令我难以忘怀——

我们借宿的酒店就在1936年柏林奥运会主赛场旁，那酒店规模不算大，但曾接待过世界上很多著名运动员。我每天出入酒店时，总看到大门前停着一辆款式陈旧的小汽车，最碍眼的是，这小车的后窗玻璃碎了，用塑料纸封着。第三天临走前我对大堂经理开玩笑说："这小破车停在这儿有损你们酒店的形象，你去叫几个员工把它推到旁边湖里去算了！"那个经理连连摆着手轻声说："不行的，不行的，那是我们老板的车，我不敢动，不敢动……。"我揶揄道："你们老板也太抠了，拥有这么一座酒店，还舍不得扔掉这破车？"话音刚落，旁边走过的一个老头搭茬道："这车还能开，为什么要扔掉呢？"那个大堂经理赶紧向那老头问安，并向我们介绍说："这是我们老板，你可以直接问他。"

我当然不会再问，因为继续"玩笑和揶揄"，就要让人觉得唐突了。德国人，比法国人英国人美国人较真，即便你是戏谑或幽默，他也会煞有介事，所以和他们游戏不能玩得太深。再说我对欧洲一些有钱人的"吝啬怪癖"已有所领教，所以是见怪不怪，在此仅是和他们逗乐子而已。

"汽车，主要作用是代步，至于要和身份什么的挂钩，那是各人的理解不同。"这是柏林那个旅馆老板的临别赠言（大意）。由此可见，勤俭，不是中华民族一家独有的美德，欧洲人也有，而且一点也不亚于我们。

我是从布拉格乘坐长途大巴去柏林的，车票价是25欧元，2011年欧元与人民币的比值是1：9.3，折合人民币约为230元左右。

二

我从汉堡乘火车去哥本哈根时，车上的一个丹麦人对我说，汉堡以前曾属于他们国家。欧洲人有玩幽默的习惯，所以我以为他是在开玩笑。来而不往非礼也，我当即戏言道：那哥本哈根以前是否曾属于德国？他听出了我的话意，立马敛色并振振有词：这是真的！200年前汉堡是受丹麦管辖的，她脱离丹麦加入德意志联邦200年还不到，你可以去看我们丹麦和德国的历史教科书，上面都是这么写的。

这让我有点惊讶，同时也羞于自己的孤陋寡闻。

汉堡与上海有太多的相似之处——都是繁华大都市；都是国家的第一大港；都是国内的时尚先锋……，所以汉堡早在1986年就与上海结为友好城市，令我倍感亲切的是，汉堡竟然有一条"上海街"，就在海事博物馆附近，而

汉堡的上海街

且"上海街"还是条非常宽阔的大道,这是我没想到的。

我们到达汉堡那天适逢食品节,易北河与比勒河交叉口的河岸上搭着一长溜的白色帐篷,一个烤肉摊位前的招牌上用中文写着:烤肉——猪肉、羊肉、牛肉,由此可证明到汉堡的中国人不在少数。但令我奇怪的是这些大排档上的食物都比店铺里的贵,咖啡甚至要贵一倍,这和我们中国大陆的情况正好相反,这种大排档上的食物,在我们上海是不洁食品的代名词,而汉堡这里,却成了独特风味的别称,真是一方水土哺育一方习俗。

据说欧洲能称得上"水城"的城市有十来座,但享誉世界的是威尼斯、阿姆斯特丹和汉堡。汉堡位于易北河、阿尔斯特河、比勒河的三河入海口,大大小小的支流和运河纵横交错穿越市区,河多桥也多,据统计,汉堡有大小桥梁2400多座,是威尼斯的5倍多,所以世界第一"桥城"的名号非它莫属。这2000多座形状不一的桥犹如艺术品,散落在汉堡市区内,其中有一座极像上海的白渡桥(我忍不住多拍了几张照片)。史料记载,汉堡现存最古老的石桥是建于1633年,该桥全长仅10多米;最现代化的一座桥是跨越易北河的柯尔布兰特公路桥,建于1974年,全长约4000米,桥面可并行4辆汽车,号称"百桥之首"。

到了汉堡,不能不说一下西方五大快餐之一的汉堡包。中国大陆很多人不一定熟悉汉堡,但肯定知道汉堡包,不过汉堡包虽挂名汉堡,但发明专利应该属于古代鞑靼人,最早的汉堡包实际上是鞑靼人吃的一种牛肉饼,随着鞑靼人的西迁而来到了汉堡，当地居民将其改进并命名为汉堡包。十九世纪中叶，德国移民把此技艺带到美国，后来人们将牛肉饼夹入面包中作为主食或点心，再后来花样不断翻新，放进蔬菜等食材使其营养更丰富，口感也更好。今天汉堡包已遍布全世界，成了上至达官贵人，下至引车卖浆者的大众食品。

汉堡这座城市给我最大的印象就是市民友好。

我们一家在"外白渡桥"上拍照留念，因为没带自拍设备，所以只能单个拍。一个路过的小伙子用中文对我们说：你们需要合影吗？我可以帮忙。这让我们有点惊讶，通过交流得知，原来小伙子作为交换生曾在上海同济大学学习过一年。他告诉我，他希望有朝一日能"二进宫"，到上海去生活几年，因为他在上海没感觉到自己身处异乡，所以他很喜欢上海。小伙子临别时还说了一句："上海城隍庙的小笼汤包很好吃！"

与柏林一样，我在汉堡也住了三天，留在我记忆深处的同样是一件小事——

我们借宿的民居坐落在易北河边，环境不错，而且室内装潢和家用器物都很好，我们每天自己煮饭烧菜方便之极。第二天晚饭后我看到女主人走过就恭维道："你那些厨房用具很好使。"她回答说："这些东西绝大部分都是前几年为出租房屋购买的，只有那口平底锅是我祖父留下的。"我有点惊讶地问道："祖父留下的？那有好几十年了吧？"她回答道："大约六十年多年吧，你们如觉得不好，可以用新的。我们留下它只是为了一个纪念。"

我早就知道在全球范围内,"德国制造"的优势不在于价格上,因为他们的脑子里没有"价廉物美"这一说。汉堡那位民宿主人的话,再次使我理解了中国大陆为什么有千千万万的家庭在使用价格不菲的德国厨具!

我们从法兰克福乘火车,先是到不莱梅,再乘车北上到汉堡,然后从汉堡到哥本哈根,全程票价每人80欧元,2016年的欧元与人民币的比值在1∶6.5左右,折合人民币约为520元。

马德里和巴塞罗那

一

很多中国人所知道的西班牙城市,除了首都马德里,就是巴塞罗那,这就像很多外国人对中国城市的了解,除了北京,就是上海。我在西班牙时曾询问过十来个西班牙人,仅一人说出了杭州、苏州和南京(因为他去上海观摩过世博会,顺便去这三个城市转了一圈),其他人都说不出中国大陆三个以上的城市。我们中国人也是如此,回国后我同样问了十来个上海人,没一人说得出西班牙的第三个城市。

我在马德里和巴塞罗那各停留了三天,留下的第一印象就是马德里=北京,巴塞罗那=上海,除了地理位置上的相似,行政区划上的相似,经济地位上的相似外,最主要的还是这两个城市的市民习俗亦如出一辙。

马德里早先属于穆斯林的地盘,它成为基督教领地,

马约尔广场

全赖"胜利王"阿方索六世之功，但阿方索六世虽然征服了马德里，却并没有定都马德里，距马德里一箭之遥的托雷多城才是权力、宗教、文化和军事中心，而马德里正式成为西班牙首都，已是阿方索六世死后600年的事了。

我到马德里那天，正碰上"世界基督教青年大联欢"，满大街都是各种肤色、操着各种语言、举着各色国旗、吵吵嚷嚷的年轻人。最令人发噱的是，他们大都不住旅店，就在街心花园或广场上露宿，所以整座城市显得乱哄哄的，似乎有点不着调。原本我很想在马德里看一场斗牛的，但因为城市运行都让位于这个活动，所以我的心愿也落空了。

在欧洲的首都中，马德里应该是属于"晚辈"，有关马德里历史的首次记载是在公元9世纪，当时的统治者穆罕默德一世下令建造一座皇宫，后来这伊斯兰风格的建筑被阿方索六世改建为圣母玛利亚教堂了。当今很多中国人，特别是年轻一代所知道的马德里，基本上是与足球划等号的，因为这座城市诞生了两个举世闻名的足球俱乐部，皇家马德里和马德里竞技。不过我心目中的马德里则是一个文学符号，我第一次与海明威的"亲密接触"，拜读的不是他的代表作《老人与海》或《永别了，武器》，而是海明威在西班牙内战时期，以战地记者的身份亲临前线所写出的剧本《第五纵队》（这第五纵队后来成了"间谍"或"混在内部的敌人"的代名词）。因为看了《第五纵队》，我对海明威的喜好便一发不可收拾，从《太阳照常升起》到《死在午后》，再到《乞力马扎罗山的雪》……当然，西班牙人心目中的圣人是塞万提斯（他老人家在马德里曾生活过三年），他们经常说的话是，我们西班牙人最值得自豪和骄傲的不是足球，也不是斗牛，而是塞万提斯，因为他为全世界奉献了一个永垂不朽的堂·吉珂德！

诚如斯言！塞万提斯那个时代的国王是谁，首相是谁，我看知道的世人千万分之一也没有，但世界各国都知道唐·吉珂德！

我在去马德里之前就知道，在这座城市里游览最好是步行，所以我从太阳门广场一直走到皇宫，再折回，一直走到阿尔卡拉门和大地女神喷泉……

十六世纪的西班牙是海上霸主，据说在1545年～1560

我行故我在·下

年的15年间，西班牙海军从海外运回的黄金达5500公斤，白银达24．6万公斤，到了16世纪末，世界贵重金属开采中的83%为西班牙所占有。遗憾的是，当时的西班牙将掠夺来的金银财宝不是用来继续增强国力，而是耗费在王室的极度奢侈享乐上，所以，最后的结果是无敌舰队被英国消灭，一代世界霸主"落花流水春去也"！

马德里有个海军博物馆，记载了无敌舰队的辉煌历史，我赶到那儿却进不去，因为不开放，这实在令人扫兴。

二

中国人记住巴塞罗那，是因为1992年的奥运会开幕式上的圣火点燃仪式——那天晚上，两届残疾人奥运射箭金牌获得者，巴塞罗那人雷波罗，从轮椅上站起来，点燃箭头，准确地射进70米外，21米高的圣火台。我认为那是迄今为止最令人难忘的奥运圣火点燃仪式，这也是只有孕育大艺术家的巴塞罗那才有的创意。

巴塞罗那依偎在地中海西岸，她的市民衣着时髦、外表优雅、有国际大都市市民的风范。但就像上海人一样，巴塞罗那市民也有一点小小的傲慢，他们也用睥睨的眼光看"外地人"，包括马德里在内，都被他们认为是"乡下人"（因为马德里是内陆城市）。当然，巴塞罗那市民的傲气并非妄自尊大，因为这座城市不但是西班牙最大、也是整个地中海沿岸最大的港口，她还是西班牙最重要的工业、贸易和金融基地。除此之外，巴塞罗那人觉得更重要的一点是，他们城市的历史较马德里悠久（这一点上海不能与之相比），早在1000年前，她就是加泰罗尼亚和阿拉贡联合王国的首府，而马德里直到17世纪才成为西班牙的首都，所以，在西班牙历史上，巴塞罗那自认压马德里一头。还有一点可佐证这座城市自傲的理由，那就是在西班牙国土上举办的第一次奥运会（1992年）和第一次世博会（1888年），都是在巴塞罗那，而马德里至今无此殊荣。

因为历史、文化、经济、民族等各种复杂的原因，加泰罗尼亚地区（首府巴塞罗那）要求独立的浪潮或明或暗始终涌动着。不过我总觉得在地区民族分离或合并这种事情上，霸王硬上弓不行，只有政客和民众的利益诉求一致时才能水到渠成，苏格兰要和英格兰离婚，没成功；捷克和斯洛伐克都同意分开过，就成了两个国家，俗语：捆绑不成夫妻，说的就是这个理。

我个人认为，崇尚或自命崇尚绘画、雕塑艺术的人，除了巴黎，还一定要去巴塞罗那，因为那儿不但有毕加索、高迪、米罗等人的博物馆和艺术代表作，还有八栋被列入世界文化遗产的建筑，如果你真想细细琢磨一番艺术，那么巴塞罗那所拥有的这些世界级艺术珍品，足以消磨你一个星期的时间。但就我个人喜好而言，还是哥伦布雕像和圣家大教堂更有吸引力，所以，我在巴塞罗那的第一天，就先去了这两处景点。

从社会发展的角度看，窃以为地理大发现的划时代意义不容矮化，因为哥伦布登上美洲大陆，从地理科学的范畴上拓宽了人们的视野（加上麦哲伦的环球航行），亦间接为夯实人文精神助了一臂之力。所以，尽管世人对哥伦布的成就见仁见智，但我对哥伦布一直抱有相当的敬意，因为，"**那些能在别人认为的不毛之地里挖出黄金和甘泉的人才能被称为天才**"（哥伦布语），我觉得是意大利这块人文主义的沃土培育了哥伦布这样的先驱。巴塞罗那兰不拉大街上的哥伦布雕像塑在一根很高的石柱上，气势宏大，我到过哥伦布的家乡热那亚，那儿也有一座哥伦布的雕像，两者相比，我还是觉得巴塞罗那这一尊更有气派。

但是，历史上第一位登上美洲大陆的欧洲人不是哥伦布，而是一个叫莱夫·埃克里松的北欧人，他曾先于哥伦布500多年到达北美。美国有一个"莱夫·埃克里松日"，就是美国政府为了纪念莱夫·埃克里松在公元1000年时踏上北美大地而设立的，但哥伦布和莱夫登陆美洲对人类社会产生的意义不可同日而语，所以即便美国政府设立了

哥伦布塑像

一个"莱夫·埃克里松日",但莱夫仍鲜为人知,而"哥伦布发现新大陆"却是一句世界通用语。

圣家大教堂破土是在1882年,至今仍未完工,可它的设计者高迪去世已经88年了。巴塞罗那人告诉我,按官方制订的时间表,这座大教堂还有15年可正式竣工(我去巴塞罗那是2011年)。如同天才本人被褒贬一样,天才的作品也被人毁誉不一,批评者认为圣家大教堂只不过是"一堆石头",赞赏者誉称圣家大教堂是"令人狂喜而心碎的建筑"。但不管世人如何评说,圣家大教堂的三大头衔已被全球所公认:一、巴塞罗那的标志性景点;二、建筑爱好者心中的圣物;三、联合国教科文组织钦定的世界文化遗产。

巴塞罗那是萨马兰奇的故乡,我对这位善良睿智的老人充满敬意。因为,萨翁不遗余力地支持中国大陆重返奥林匹克大家庭(1979年),鼎力支持北京申办2008年夏季奥运会,此二举至今仍为国人所称道。从更广泛的意义上来说,我认为萨翁最大的功勋是他用经济学的专业知识,成功地使国际奥委会摆脱财政危机,开创了奥林匹克运动的新时代,从而使全世界尽可能多的人认识到,体育精神对推动人类文明进步巨大的正能量。这样一个具有划时代意义的成就,不知道国人是否能理解?

萨翁去世已10年了,我,以及世界上很多人都深深缅怀他。

我从雅典飞往巴塞罗那,机票价98欧元,这是我在欧洲的旅行中票价最贵的一个航班。就在一星期前,我从斯德哥尔摩飞到雅典是52欧元，从马德里飞到奥斯陆是65欧元。欧洲大陆的地域面积与中国大陆面积差不多，南北或东西两端的航线，距离都不是很长，所以廉价航空的机票价超过100欧元的很少，尽管雅典到巴塞罗那的线路较长，但98欧元的票价，在我看来还是属于超贵了。

青出于蓝

（代跋）

◎黄耀诚

十多年前，我在上海世博会事务协调局任职。

有一天，大学同门师弟叶治安带着他女儿叶晓娴找到我，说是希望女儿能在世博局全职实习一段时间，以使她增长一些工作能力和社会经验。

叶治安不但是我同门师弟，还是我大学田径队的队友，所以他上门提要求，只要不超出我的管理范围和不违反规定原则，我都会尽力而为。根据晓娴的专业，我联系了相关部门，得到各级领导同意后，我把她安排到了世博局的对外宣传部门。在此期间，晓娴曾参与接待当时的美国国务卿希拉里，以及一些外国政要的对外宣传活动。在世博局外宣部的一年中，晓娴的工作态度和业务能力得到了同事们的一致认可。

2015年，新一届世博会在意大利米兰举行，我被派去参与中国企业馆的办展等工作。无巧不成书，在万里之外的米兰，我又见到了晓娴和她的父母，原来晓娴已经作为国家的公派博士生，被送到德国美因茨大学深造，这次她是陪赴德探亲的父母来米兰旅游的。异国他乡遇故友，不胜欣喜。

又过了五年后，我们一辈的大学同学都已退休，而我们的子女辈却长大成才了——晓娴学成归国后任职上海工程技术大学，2020年被评为东方学者并直接晋级教授，随后还担任了视觉传媒和媒体设计系的系主任。我认为，晓娴今天所取得的工作业绩主要源于三个要素：一是离不开国家的培养（公派留学）；二是少不了单位领导和同事的助力；三是她个人刻苦钻研求上进而迸发的主观能动性。但晓娴却说还有不可或缺的第四点，就是十年前在世博会外宣部培养出来的工作能力和待人处世的实际经验。

我感觉这是一个知书达理和有情有义的年轻人！

卢梭说过，一个人抱着什么目的去旅行，就知道要获取同目的相关的知识。从《我行故我在》一书的内容中可以看出，作者在欧洲大地上的行走，正是汲取了先哲们的精神养料而"按图索骥"的。在五大袖珍国、在西西里和马耳他、在雅典和迈锡尼、在里斯本和波尔图、在伦敦和克卢日·纳波卡……，作者在途中的观察、比较和思考后，用细腻和富有情感的笔触向读者展示了一幅多姿多彩的人文历史画卷——马克·吐温在瑞士籍雇佣兵雕像前的赞叹，《雅典学院》门楣上镌刻的"不习几何者不得入内"的警句，迈锡尼文明遗址中的不解之谜，二战时圣马力诺同时向轴心国和同盟国宣战的滑稽剧，葡萄牙的伟大诗人卡蒙斯和她的中国情人……，所有这些都显示了作者出行前，在文史功课上所下的功夫和积累的功底。

作者曾就读于南京大学新闻专业，毕业后有过短暂的从业经历，虽然时间有限，但却养成了良好的职业习惯，所以能在留学和旅行途中，"有意识地用一个媒体人的眼光观察着旧大陆上的一切"以及"探求当代欧洲社会的状况"——特利尔城市观光车上印着的马克思头像，吕贝克猫头鹰酒吧中普通德国市民的生活状况，马耳他戈佐岛上售价98000欧元的海景房，波尔图（葡波）和波尔多（法波）两种葡萄酒的差异，雅典"不良中年黑人"和纽伦堡公交公司员工的善良和友好……，如果不是作者的亲历，如果不是作者独到和细腻的职业眼光，就很难有那么多既现实又生动的民风民俗之描述。

十年前，晓娴在世博局外宣部实习结束时，我曾给她写过一份个人鉴定，十年后，没料到我有幸能为她再次做一份"补充鉴定"。我欣喜地见证了一位青年学者的努力和进步，我们的下一代成长起来了！祝愿晓娴日后百尺竿头更进一步，为社会、为国家、为民族做出更大的贡献！

最后赘言一句，书名《我行故我在》，虽然套用了笛卡尔的"我思故我在"，但把"思"改成"行"，不失为一种巧妙和贴切。

2021年5月22日

图书在版编目（CIP）数据

我行故我在：欧洲城市风情札记／叶晓娴 著.——
上海：上海三联书店，2021.12
ISBN 978-7-5426-7605-4

Ⅰ.①我… Ⅱ.①叶… Ⅲ.①游记—作品集—中国—
当代 Ⅳ.①I267.4

中国版本图书馆CIP数据核字（2021）第231239号

我行故我在——欧洲城市风情札记

著　　者 ／ 叶晓娴

责任编辑 ／ 程　力　陆雅敏
装帧设计 ／ 上海康城印务有限公司
封面设计 ／ 李　雅
监　　制 ／ 姚　军
责任校对 ／ 施　煜

出版发行 ／ 上海三联书店
　　　　　　（200030）中国上海市漕溪北路331号A座6楼
邮购电话 ／ 021-22895540
印　　刷 ／ 上海惠敦印务科技有限公司

版　　次 ／ 2021年12月第1版
印　　次 ／ 2021年12月第1次印刷
开　　本 ／ 890mm×1240mm　1/32
字　　数 ／ 180千字
印　　张 ／ 7.25
书　　号 ／ ISBN 978-7-5426-7605-4/I · 1745
定　　价 ／ 38.00元

敬启读者，如发现本书有质量问题，请与印刷厂联系 021-63779028